高樹あんず
Takagi Anzu

声をください

文芸社

序

私は日本が好きだ。

自分が日本人であることを誇りにさえ思っている。しかし、私はそんな大好きな日本を後にして、ここアメリカ・ボストンに逃げてきた。本当は命朽ち果てるまで日本にいたかった。

ふと浮かんだアメリカへの逃避生活。必ずしも滑り出しは平坦な道のりではなかった。言葉の壁、宗教、人種差別、極貧、書き出せば切りがない。そうしたことを陰々滅々と書き訴え、同情を引こうなどとは毛頭思っていない。目の色も髪の色も違う国に入り込めば、分からないことがあるのは当然だからだ。どれもこれも幼い頃の生活に比べれば針の穴より小さいものだった。

私はずっと人に幼い頃の話をしたくなかった。信じてもらえないだろうと思うことと、あまり悲惨すぎてせっかくできた友達さえ失くしてしまうのではと恐れたからだ。もっともボストンに着いてからは、忙しすぎてそんなことを考える暇がなかっただけだが。

知らない異国に身を置いて一番に感じたことは、人種が違っても人の感情の持ち方に何ら変わりはないということだった。人が生まれれば喜び、亡くなれば悲しむ。家族愛があり、嫁姑の問題までちゃあんと存在する。夫がコウモリになり嫁と姑の間をうろうろする。日本と同じだ。

日本は戦後著しい発展をとげ、めまぐるしく生活が変わったが、アメリカではちょっと中心街を離れるとまだ昔のままの生活が残っている。そんな昔の生活を見るたび、胸の奥にぎゅっとしまい込んだはずの悲しい記憶が浮かんできた。それは日増しに大きく膨らみ、素手で払いのけるにはもう限界がきている。

また、異国の人の優しい心に触れると、懐かしい日本の人々の顔が次々と甦り、深く思いを募らせている。

ワシントンの桜は、花の中にすっぽりと包まれるような幸福感はない。色と形だけが日本のものだ。

もくじ

序　3

華やかなりし頃　7

父の死　44

約束　61

門出　172

カバー画　末宗　美香子

華やかなりし頃

私の父、江上聡一郎はT帝国大医学部附属病院でパスやストレプトマイシンを使って長年結核菌の研究をしていた医師であった。

昭和二十年以前のことである。

父の故郷、竹田の田舎では、祖父涼太郎が老体に鞭打ち江上病院を支えていたので、早く聡一郎が家に戻り家督を継いでくれるように再三にわたり申し入れていた。しかし、父はそんな祖父の願いを一方的に拒否し、「何もない田舎になんか帰れるか、時代に乗り遅れる!」などと言い続け、空襲警報が鳴り響く東京から離れようとはしなかった。

しかし戦災で家を失い、父は本郷の町に家を借りて住むようになったが、東京は見渡す限り真っ赤に焼けただれて、あっという間に壊滅してしまったかのようであった。どこを見ても焼け出された人々や怪我人、病人ばかりで、上野駅などは、物盗り、物乞い、みなし子などであふれていた。おまけにひどい食料不足で、誰もが飢えていた。配給の長い列。たとえお金を持っていても買う食べ物さえなかった。まだ焼け出されなかった人たちは、食べる物と交換する物があったろうが、焼け出された人たちは文無しよりひどい状態かもしれなかったのだ。まさに見るに堪えない状況であった。近郊の人々は食物を担いで出てきて闇市を作り、怪しげなごった煮を作り、湯気を立て、飢えた胃袋を刺激した。

荒涼とし、爆弾と焼夷弾でめちゃめちゃになったところへ、進駐軍が入ってきた。人々は、パイプをくわえてチュウインガムを嚙む外国人に憧れを持ち、チョコレートの甘さに驚き、ジープで動く青い眼の人たちを驚異の目で眺めていた。

父は打って変わった世の中にうんざりし、長い戦争に疲れ戸惑い、大事な書物を失い気落ちして、一度田舎へ帰ってみるかと、仕方なく故郷へ帰る決心をしたのだった。

上野駅から妻久子と三歳になったばかりの一人娘涼子、久子の乳母幸子を伴い汽車に乗った。汽車はシュウシュウ、ガタン、ガタンと大きく揺れ、古ぼけた車体は壊れそうもないほど頑丈にできているが、木の椅子は座り心地も悪く、トンネルにでも入ろうものなら窓の隙間から油煙が入ってきて顔も服も真っ黒になった。乗客たちは顔を見合わせ笑い合う。

鈴なりに膨れ上がった乗客は、ほとんどがかつぎ屋と呼ばれる、闇市へ物売りに行って帰る人たち、闇物資の仕入れに行く人たちだった。皆生き延びるために必死な時代であった。

焼けただれひっくり返った東京から、およそ二時間ほどこの汽車に乗ると、涼太郎の待つ田舎の最寄り駅に着く。久子は東京から離れてきたことに寂しさを感じていたが、駅付近は焼け跡もなく昔のままで、その上駅前には名産の佃煮屋が威勢よく店を開けていたのが無性に嬉しかった。さらに、見渡す限り緑一色の畑で、その緑の輝きが光に反射し、涼風が香りを誘って優しく肌に当たる。久子には別天地の幕開けのように思えたのであった。

聡一郎と久子の結婚の始まりはこうだった。

久子の父、勤は華族の爵位を持ち優雅な暮らしをしていた人であったが、もはや時代は変わり、娘を嫁にやる相手は家柄や家の格ではなく頭がいい男に限ると言い切っていた。

「だってそうだろう。男の親がいくら金持ちだろうが格が上だろうが、婿殿がボンクラだったら、埋蔵金がいくらあっても、それは霞だろうよ。生み出し得る能力、娘を守る気構えがなきゃ話にならん。金に転んでもだめさ。もちろん顔がいいなんてことで決めるのは論外だ。優しい言葉を並べるなんて誰でもできるものね。男が婿養子に行く奴がいるけど、あれも感心しないよ。第一、ばかげている。男が名前を変えるとは行動範囲をせばめちゃうよ。女なら、ああ嫁に行ったかなと思ってくれるけどさ。そんなことしちゃ、かわいそうなのは婿だけじゃないよ、娘のためにもなってやしない。そんなことまでして家を守るものじゃない。人あっての家だよ。大黒柱の良し悪しにかかっている。平民で田舎者、結構じゃないか。医者ならなおさらいい」

そう言い張って、勤の一存で久子と聡一郎の婚礼は決まってしまった。

江上の家は竹田の田舎にあり、祖父も父もT大卒の医師であったが、女の子は大学に入れようとはしない学問への熱意が足りない家であった。女子大卒の久子は、父の元を離れるのにそれが一番残念なことだと思っていたが、聡一郎の学問への熱意にほだされ、家の格や家柄が下がっても、時代の流れに従うことはよいことだろうと考え、景気に左右されない医師の聡一郎に頼る方がいいと思わざるを得なかった。やがてその思いは確信に変わり、久子は父の見込みが正しいものと実感していったのであった。

また、家付き娘の聡一郎の母アキがひどく久子を気に入って、T大卒の家の息子の嫁は久子さんしかいないとまで言い放ち、両手を開いて久子を迎え入れた。

聡一郎一行が汽車の油煙だらけになって竹田の家に着くと、「早く上がれ」と招き入れられた。涼太郎の、「待っていたよう！」という一言が、気持ちをすべて表していた。

家にはすでに親戚縁者が集まっており、江上病院の安泰を祝っての宴が待ち受けていた。

「これで江上さんも跡取りが帰ってきてよかったわい。おばあちゃん、やっと安心できるねぇ」

「ええ、ほんにまあ、私もこの日を待っておりました。これでいつお迎えが来ても安心ですよ。これで、やっと」

アキは満面の笑みを湛《たた》え、満足そうに頷いて得意顔で皆に久子を紹介していた。

「あんた、女子大出なさったの？」

「はい」

「女子大？　やはり華族さんの出は違うよね。別嬪さんなのに大学かい……」

こんな言葉で人々は久子を歓迎し、眺め回していた。

竹田は予想以上に田舎町であった。東京を離れたことのない久子にとっては、病院に雇われている医師を見ても、役場のお偉いさんを見ても、みんなどことなく野暮ったく思え、赤坂の実家とは雲泥の格差を感じていた。乳母の幸子でさえ、宴会の乱れぶりを見て、東京のお父様が見たらさぞやがっかりなさり、久子を取り戻しに来るのではないか、とひとり不満顔をぶら下げ見せていた。

こうして竹田での生活が始まったが、久子は江上の家ではお客様のような存在で浮き上がっていた。東京の家が焼けてここに逃げてきたのだから、身も心も竹田の人間にならなければならないとは思っているのに、娘の涼子がいなければ姑のアキとの会話にも息づまる。接点がなく困った目つきで幸子に救いを求めると、幸子は慌てて気を利かせ、立てかけてある琴を横にし琴柱をつけ、「お琴でも弾きましょうか？　それともお茶にしましょうか、姫様《ひいさま》ぁー」などとその場の空気をかき回して事なきを得ていた。

聡一郎の方は家督を継いだとはまるで思っておらず、研究室が開いたら必ず東京に戻ってやると下心を持っていた。

「こんなところにいたら、なあ久子、脳みそ蛆だらけになるぞ。とんぼと白菜しかないもんなあ……」

などと言って、未練たっぷりと東京に帰りたがっていた。

乳母の幸子は、久子は雑巾も持ったことがないし洗い物をさせたこともない、ただ勉強と音楽に興じるおとなしい都会のお嬢様だと暗にほのめかし、江上家に元々いるお手伝いたちに自慢し、アキから久子を守らなければならないと自分が身を挺して久子の鎧のようにもなり、自分自身も田舎者ではないのだと優越感に浸っていた。

しかしそんな幸子の心配をよそに、戦後の混乱の明け切らない封建的な風土の残る田舎町で、アキは自慢の長男の嫁久子を、「久子さん」とさん付けで呼び、跡取り息子の嫁として大切に扱っていた。これは当時としては珍しいことであった。むしろ久子のおっとりした優雅な言葉遣いや振る舞い、身なりのよさに、アキも誰もかれも近づけぬと息を呑んでいたのである。

江上病院は「ロ」の字型で、赤茶色のレンガで覆われ、窓枠は白で縁取られた、一面土色と緑色の畑の中に突如出現する大きな鉄筋の建物である。大通りのバス停には、「江上病院前」と小さな看板が出ている。そのバス停からなだらかな坂を下り、道の両側に背の高い木々がうっそうと茂っている中を五分ほど歩くと、病院の正面玄関が見えてくる。坂道を下り始めるところから、もうそこは病院の敷地である。

患者さん、看護婦さん、薬屋さんの車、売店の人などがいつも忙しそうに行き交う。屋上には洗濯物が皆同じ方向に揺れていて、ボイラーの煙が空高くどこまでも伸びている。この煙は時々色を変え、白から灰色、黒になり、時には全部が混ざって上へ上へと元気よく昇っていた。

「ロ」の字の中は庭になっていて、はげかかった芝生にベンチがぽつんぽつんと置いてあり、晴れた日には患者さんたちの談笑する姿が見える。また、柔らかいボールを打ち合うポーン、ポーンという音がとぎれとぎれに四方の壁に共鳴して、「ロ」の字の真ん中から笑い声と一緒に昇って聞こえてきた。

建物の周りには鉄の非常階段が取り付けられていて、いつもカタカタ、ドンドン、人によってはドタドタと上り下りする音が弾んでいた。その音を聞いただけで、アキは誰先生の足音だと聞き分けられた。それほどアキの頭の中は常に病院経営のことでいっぱいだったのだ。風が吹いたら火事になりはしないか、日照りなら水は大丈夫かと、老婆とは思えない迫力で跡取り娘の役割を果たしていた。

江上病院は涼太郎で二代目で、数人の医師を雇い、毎年上へ上へと増設を繰り返していたが、結核患者が増え続け、病室が足らずにパンク状態だった。当時としては画期的なレントゲンがあり、涼太郎に診てもらいたいという患者さんは県内だけでなく県外からもやってきて、順番待ちの人たちで待合室はいつも超満員であった。肺病といえば江上さんだと評判だった。

涼太郎とアキの自宅はこの病院と一本の細い道で繋がっていた。歩いてほんの五分ほどの道で、松、杉、栗、柿と乱雑に植えてある、ちょっとした森の中の道だ。知る人ぞ知る抜け道になっていたが、涼太郎は「蛇が出る！」と嫌がっていた。そんな涼太郎を、

「何もしやしませんよ」

とアキは悠然と構えて笑い飛ばしていた。

「バカ言え！　青白い、こんなに太い奴だぞ。鱗も光ってる……気味が悪い」

涼太郎は両手を使って輪にして見せた。

「嫌ですよッ。いつも蛇のお話ばかり。でも悪さはしませんよ。おとなしい蛇ですよ。そんなにお嫌でしたら、遠回りして正面玄関からお入りになったらよろしいですよ」

アキは涼太郎を弱虫とでも言いたげに、下を向いて、ふっ、ふっ、と腹の底から噴き上げるように笑い、いつまで経っても婿養子の域を出ない涼太郎を尻に敷いて満足していた。

一見農家風に見える木造平屋建てのこの家屋は、広い縁側がめぐらされ、居間には囲炉裏が掘ってあり、つねに茶の湯が沸いていた。囲炉裏の上の天井は、時代がかった輝く黒に染まり、漆黒の美しさを見せつけ、奥へ行くほど暗くなる。奥の北側の部屋は茶室になっていたが、誰も使わないのかカビ臭かった。

欄間の透かし彫りには、職人さんが年数をかけ彫ったという龍が見事に鎮座していた。朝日はこの透かしから龍の影を伴い、少し控えめに射し込む。この龍が涼太郎の大のお気に入りで、客人が来ると、あたかも自分が彫師にでもなったかのような口ぶりでいつも自慢していた。久子にはよく分からなかったが、「まあ、まあ、ご立派ですこと」と褒めると、涼太郎はいい気持ちになって我が意を得たりと説明が長くなる。

「そうだろう、だから朝は目が覚めても龍の影が見えるまで起きないんだ」

この家は、襖一枚にまで職人さんの意気が感じられ、部屋の大きさと色彩の落ち着きがほどよく調和して見事に演出されていた。

また、珍しいラジオが二台もあり、アキはラジオでチユウインガムやスピッツなどの言葉を覚え、周りの者を驚かせていた。新しく耳に入った言葉は、すぐ日本橋の三越への手紙に書き入れた。家財道具から着物、食器類、風呂敷のような小物まで、アキはすべて三越で揃えていた。東京から外商さんが紺色の大きな荷物を背負ってやってくると、もう満面の笑みを浮かべて、一番先に嬉々として労をねぎらい迎え入れた。

「ありましたか、お願いしていた物？」

アキは縁側いっぱい広げられた品物に目を輝かせてうっとりとし、両肩にかけられた反物を真剣に見つめ、

「ほう、ほう、そうですか、似合いますかしら……。ほかにどんな……。ええ……。じゃあ、これに」

褒められるといい気になり、いつも鴨になっていた。「日本橋の三越さんじゃあないと」が口癖になっていて、とにかく「日本橋の三越」という名前が好きなのであった。

ある時などは驚いたことにスピッツまで注文して、外商さんを慌てさせ、家の者をあきれさせた。

「……それは……ここまで連れてこれない……ので……いたりませんで……。はあ……いつもお引き立てくださいまして……」とあいまいな口をきく。

しかし断られるとますます欲しくなる。涼太郎は面白がってアキをからかった。

「うちでは蛇を飼ってるから、犬はいらないだろう」

「蛇は言うことを聞きません。白い犬がいいんです。白い色は縁起がいいんですよ。犬飼いましょうよ、ねぇえ」

無理やり筋を通し、勝気なアキはちゃんと自分でスピッツを見つけ出し、飼うことにしていた。明治女には珍しく行動力を備え、畳の上にのの字を書いてもじもじと人がやってくれるまで待っているだけの女ではなかったのである。

家付き娘のアキは、病院の収益を全部一人で握り離さない人でもあった。涼太郎でさえも、いくら稼いでいるのか、今家にはどのくらい金があるのか、そういったことは一切知らずに呑気に暮らしていた。聡一郎にいたっては金銭感覚などまるでなく、久子も呑気でアキに必要な時に必要なだけ貰い受け、誰も彼もがまるで子供がお小遣いを母親からねだる感覚でいたのだった。

入用のときはアキが一人で蔵にもぐり込んで水がめから金を出し、収益が入るとまた一人で蔵にもぐり込んで数えてしまい込む。これがアキの日課であった。アキはこの役目を誰にも譲りたがらず、嬉々として行なっていた。

また、江上の家では惣菜を買い求めるのにお手伝いが走るというのはめったになく、魚屋と八百屋が自慢の品を持ち込み、アキが指を差して買い求めていた。台所は姑の管轄であったのだ。久子はこの豊富な食材を見るたび空襲で焼け出された赤坂の実家の父母を思い、父や母は今頃何を食べているのだろうと思い煩《わずら》った。世間はインフレと預金封鎖の狭間にあって、焼け出された人々は苦しい生活を強いられたのである。竹田は、あの焼けただれた東京に比べたら、まさに楽園そのものであった。

実家は華族といっても、もう名ばかりで、着る物が食べる物に換わり、久子の父母は言葉に表せないような屈辱を嫌というほど味わっていた。久子の父は昔の力や人としての艶を失い、ただ人に命令しかできず、しかし命令を聞く人もおらず、何の力も持たない人に成り下がっていた。主食の配給の列に並ばざるを得ない無力さを嘆き、「日本は負けた!」と言いながら、食べ物のために頭を下げ身をかがめている自分の姿に腹を立てていた。

それに比べ竹田は、田舎とはいえ戦後裕福になった町の一つであったのだろう。久子は内心この竹田の町が好きになってきていた。稲穂の青々としたじゅうたんが香ばしい秋の香りを運んできていた。

アキは久子を思いやることを忘れていなかった。自宅敷地に鉄筋総二階建ての家を建てたのである。ドイツ人によるドイツ風の家は田舎町には不似合いで、そのたたずまいは人々の噂になり、町の名所になり、見物人までやってきた。

「久子さんが涼子ちゃんと一緒に帰ってきてくれたから、ごほうびよ」

アキは、聡一郎の隙あらば東京へ戻って大学病院に返り咲きたいという気持ちをうすうす感じていたから、家ができて久子が喜べば、腰の浮いている息子も竹田の町にもっと深く馴染み出し、病院は平穏無事だと考えたのである。だからアキは久子の喜ぶ顔が見たかった。家付き娘のアキは、ただただ病院の安泰だけを祈っていたのである。

見物人は日に日に増え、口々に感嘆し、不思議がり、勝手に値段をはじき出した。

「ほう、豪勢だぁ。いくらだっぺかぁ？」

「千円ぐらいだべぇ」

「違うべぇ、一万円はすっぺぇ」

暖炉から煙が立ち昇ると、

「昼間っから、風呂入るんだっぺかぁ？」

「うん、そうだべぇ」

そのうちに、六十も部屋があるだとか、一部屋六十畳だとか、誰が作るのか噂が独り歩きし始めていた。絵を描きにくる者、窓を数える者。

しかし聡一郎は竹田に骨をうずめる気はさらさらなく、アキの独りよがりのやり方に反発を感じていた。息子の心の中に生きている野心を無視し、ただ病院を守るためだけに生きろという一途な愚かさに落胆し、初めて母を憎いとも思った。

「久子、涼子を連れて早く戻ろうぜ。東京だよ」

「あなた、まだあの東京へ帰りたいのですか？　ここはあなたの生まれたところじゃありませんか」

久子は珍しく聡一郎の意見に首を縦に振らなかった。聡一郎もこう言われてしまえば一言もなく、東京育ちの久子の方がこの家にずっと前から住んでいた人のように落ち着いているのが不思議だった。

聡一郎は、「久子、お前……お袋の思う壺に……」と言いかけたが、尻尾を丸めて黙り、思い直して、いつの間にやら形よく重みのある女に成長した久子を驚き眺めていた。

庭の中央には、腰の曲がった松の木が枝をだんだんと地に垂れ下げ、四方八方に濃い緑の針の葉をつんつんと差し、殿と構えていた。「年代ものだ」と涼太郎が自慢していた。この自慢の松の木の前で、正月ごとに写真屋を呼びつけ家族写真を撮るのが習わしだった。

この広大な庭は福沢さんという庭師が一手に引き受けて、台風や大風のあった日の後には、大勢の小僧を連れて働いている姿が見られた。敷石は一つ一つ水を打って磨き上げられ、落ち葉一枚、塵一つ落ちてないかのように気持ちよく掃き清められていた。久子が、「コスモスが見たいわ」と囁いただけで、部屋の窓から見える位置にコスモスが植えられた。

四季の色に気を遣い、次に芽生える芽を思いやり、蝶が舞い、蜜蜂が飛び、小鳥がさえずり、庭さえも生き生きと生の息吹きの輝きに溢れていた。

庭の端まで来ると、遠くに霞ヶ浦の湖面が一望できた。かもめが一斉に上空から湖面をかすめて下り、魚を獲る。夕日に、波がオレンジ色とピンク色の線で面を織り成し、波の先が金色に光る。

「水って色がついているんですね」

久子は初めて知った。

晴れてちょうどよい風が吹く日には、わかさぎや白魚漁の帆掛け舟が浮かぶ。たくさんの帆掛け舟が湖面に浮かぶと、遠くからはまるで白い花が、ぽっ、ぽっと浮かんでいるようにも見える。その感動は筆舌に尽くしがたい。帆掛け舟は船体の側面と平行に張った真っ白な美しい帆に風を集めて進み、水中に掛けた網を使って魚を獲る。風の強過ぎる日も弱過ぎる日も白い帆掛け舟の姿は湖面に見えない。

また、晴れた北の空には堂々と筑波山が現れ、西の富士と呼ばれる美しい姿は、あたかも手に取れるかのような近さで水色の影をくっきりと描き出す。

「今日はいいお天気ですこと」

「ええ、日本晴れですね」

筑波山の姿が見えるだけで誰もが上機嫌になれ、嫁姑の心が一体になれる瞬間でもあった。同じ旋律を奏で同じリズムを打ち、二人は調和していた。

華族の娘を迎え入れ、多少は息のつまることはあっても、ほがらかに笑い、おとなしく遠慮がちで従順な久子に文句などあろうはずもなく、江上の家に限って、嫁姑の争いはなかったのだ。周りの人々は、アキのずばぬけた頭の回転のよさと強さと、久子の奥ゆかしい賢さと弱さがうまくからみ合って許し合うからだろうか、いや、裕福な財力によるものであろうか、と噂していた。

アキは甘える久子がかわいかったのだ。久子の方も、お国訛《なま》りのイントネーションにも違和感がなくなり、自分もその訛りの漬け汁の中にたっぷりと漬かり、早く染められることを望んでいた。

涼子は祖父母、父母の愛情を一身に受けて育っていた。涼子という名は祖父涼太郎の名を一字与えたものだった。祖父は「涼」の字をたいそう気に入っていて、名付け親を頼まれると必ずといっていいほど「涼」の字を使っていた。涼太、涼一、涼蔵……みんな「りょうちゃん」だとよくアキが笑っていた。

そのアキも、涼子がかわいくて目に入れても痛くないほどのかわいがりようであった。「ややは、寒いんだぁ」などと言って、孫に風邪をひかせてはならないと着ぶくれ状態にし、活発に動く涼子は冬でも汗疹《あせも》だらけになっていた。アキは我が道を行く人だったし、口は達者で、誰をも納得させるのに十分な腕前があり、相手を屈服させずにはいられない女だった。久子などはおとなしくて口が遅いし、声は小さいので、あれよあれよという間に自分の子供までアキの羽の下に入ってしまっていた。

「久子、お前、寂しくないか？　お袋に涼子に手を出すなって言ってやるよ」

「涼子ちゃんが喜んでいますのよ。でも、ちゃあんと涼子ちゃんは分かっておりますもの。そんなことおっしゃってお母様のご機嫌を損ねなくても……。それに全部お任せはしてませんのよ。大丈夫ですよ。お母様、かわいがってくださって、もう、もう、感謝しておりましてよ」

夫の取り越し苦労に久子は晴れ晴れ笑い、父勤の、「結婚は格や家じゃなく大黒柱だ」と言い切った言葉を思い返して、改めて父の先見の明の確かさを実感し、幸福感に酔いしれてうっとりするのであった。

涼太郎も、聡一郎の仕事ぶりに満足し信頼し切っていて、もう異議を唱えることもなく経営も診察もすべて聡一郎に任せていた。理想主義者の聡一郎はどんどん新しい技術を導入し、ベテラン医師からも一目置かれ、聡一郎の言葉は重く深く医師はじめ従業員、患者にまでも浸透していった。

聡一郎は忙しかった。皆から期待され過ぎていた。しかも自分の野心は燃え上がり、頻繁に丸善から医学書を取り寄せて食い入るように読んでいた。朱色の油紙の包みを開けると、大小さまざまな本が転がり出てきた。聡一郎はパラパラとただページをめくっているかのような早業で読んでいた。

「そんなに早くページをめくって、本当に読んでいます？　分かりますの？　なんだか機織り機みたいですね」

久子はそう聞いてみたが、聡一郎は当たり前だとばかりに頷いた。

タバコを吹かしながら、食事をしながら、いつも本を読んでいた。アキは特に食事中の読書を嫌がり、

「これ！ 食べるだけにしなさいよ！ 本当に行儀の悪い！」

と聡一郎の本を叩いて叱っていた。

聡一郎は口に出して反旗は翻《ひるがえ》さなかったが、アキの心の奥を見透かして、家を守ることしか考えない母親に苦り切った表情を見せていた。

「久子、大変だよ。もう東京は焼け野原なんかじゃない！ 街中躍動してる！ こんな田舎に潜っていたら、世の中に遅れる一方だぞッ。どんどん新しいものが出てきてる。今からは癌の時代だ。結核は終わった、これは必ず治るよ」

頭の中には医学のことしかない聡一郎は、妻子をアキに預けてやはりT大へ戻ると大宣言を飛ばした。

しかし当の久子は、

「さようでございますか。どうぞお好きになさいませ。私はここでいつまでもじぃっ

としてお待ちしておりますわ」

とさらりと流した。この動揺を見せない冷静な言葉に、聡一郎ばかりかアキも乳母の幸子さえも驚いてしまった。「私も行く」とか、「あなたもここにいて」の言葉が出てくると誰もが思っていたからだ。姑のアキに叱られるからだろうか、立派な家を建ててもらったからだろうか、それとも華族の父親の躾《しつけ》からくるものだろうかと、皆がそれぞれに首をひねった。

アキは久子を味方に付け、ますます強く満足げに頷き、これであのふらふらしている息子も必ずここに落ち着くはずだと心の底で笑っていた。役者はアキの方が上であった。

「ほう、行けるものなら行ってみぃ」

「もう、お袋のおもちゃじゃない！　家の番兵じゃあない！」

こうして聡一郎は、東京へ通いながら江上の病院をも助ける大忙しの日々を送るはめになったのであった。

外で活躍しすぎて疲れているので、聡一郎は久子には何も求めず、ただ優しい腑抜けな夫であった。話相手になることもなく、琴を弾いても耳を澄ますこともなく、涼子が熱を出しても、「大変だ、病院へ行け」と言うだけであった。

「お父さまが家の人にお医者様のお仕事なさったのは、犬のコロちゃんに予防注射しただけよねぇ。宝の持ち腐れってものよ」

久子がぽつりと言った皮肉に、聡一郎も思わずプーッと吹き出した。


温暖な気候なはずなのに、涼太郎は風邪のような症状を見せ、ゴボゴボゴボと喉に痰がからまっている咳をし始めた。聡一郎は、親父ももう七十歳になったのかと、改めて涼太郎の腰の曲がり具合と、ほとんど黒い毛が残っていないような白い髪を見やり、昔の貴公子然としたところがなくなった父をいとおしく思った。急に老けてしまい、まるで浦島太郎のようだとも思った。歯まで抜けていた。口数も少なく、自分をあまり表現しない穏やかな父を、「労ってやらねば」と思いを新たにした。

「なぁーに、すぐによくなるさ」

「薬を飲んでみる？」

「うるさい！　大丈夫だ」

涼太郎は喉をゴボゴボさせ、咳き込みながら言った。

「検査しようか?」

「ほっておけ!」

言い出したらもう手がつけられず、子供より始末が悪い。

そのうち食が進まなくなり、趣味の草花も人に任せ、松の形もどうでもよくなり、庭を見にも行かなくなり、風呂に入るのも新聞を読むのも辛そうになった。しかし聡一郎に対しては、アキのように闇雲に跡を継げと押し付けることはなく、自分の目が黒いうちは聡一郎には好きな学問をさせてやりたいと、よき理解者であり続けた。

大事にされ周囲の誰からも尊敬されていた涼太郎だったが、人の運命には逆らえず、やがて七十一歳の命を閉じたのであった。

「お父さまはやりたいことをみんなして逝ったのよね。久子さん、どう思う?」

アキは珍しく気弱になって久子に同意を求めた。

「ええ、ええ、お父さまは、お母さまに十分していただいたと喜んでおられますよ、きっと。お婿さんだとおっしゃいますけど、お父さまは王様の椅子に座っていると思っていらっしゃったと思いますよ。お母さま」

久子は悲しみに沈むアキを上手に励ましていた。もう嫁姑の垣根はすっかりなく、江上の家を守り抜こうとする一つの魂に固まって、凜として二人で背筋を伸ばすのであった。

そして、これで聡一郎は名実ともに一人で江上病院を背負って立たなければならなくなったのである。患者はますます増え、聡一郎は多忙を極め、身を粉にして働き、再び増設を重ね病院は発展していった。

葬儀のゴタゴタの忙しさから解放されると、久子はいつものように、聡一郎が書物を読みながら片手で食事をとる給仕をし、上の空で返事を返される生活に戻った。

久子は、「聡一郎がこの家の当主なのだ。私はその妻である」という実感を持つようになり、江上の家の真ん中にどっしりと座っている気がしてきていた。その自信が何を見ても今までとは違う意味を感じさせ、自分を取り巻く周囲の目も変わってきたと思った。

そして、久子は第二子を身ごもったと確信した。聡一郎は久子が当惑するほど喜んだ。アキも、「ややは男の子かもしれんね」と、男の子と決めてかかり、目に力が入って、未来の跡取りができることを夢見ていた。

アキの母親は六人も子供を産んだが、それもみんな女の子だった。自分はたった二人だが男の子だけを産んだというのがアキの自慢の種であった。

「おなごはねぇ、久子さん、男の子を産まないと役目果たしたと言われんでしょ、そうでしょう。男の子が産まれればもう安心。家が栄えるしねぇ。鯉のぼり立てて、鎧飾って、それも大きいのよ、大きいの飾るのよ」

「そうですか。それではどうしても男の子を産まないといけませんね」

「男の子に決まっていますよ。久子さん、大丈夫ですよ」

アキは久子の襟元をわざわざ直した。嫁に男の子が宿ったと信じて大事に大事に労り、意を注ぎ、かつて男の子を産んだアキが久子に同じ幸せを重ね合わせて味わうことを願っていた。

「出産予定日は九月末。男の子の産まれる月にぴったりだわ」

しかし日遅れて皆が待ちわび、ようやく十月半ばに産声を上げた子は、またもや女の子であった。

「また、女かぃ」

アキはいたくがっかりして、続く言葉が出なかった。

アキが描いていた夢、跡取り、鯉のぼりははかなく流れ去り、アキは久子に上っ面だけの労りの言葉をかけた。

「かわいいね。ごくろうさま」

久子は黙って聞いていた。全く気持ちがこもっていないその言葉の調子で、不満が姑の身に張り付いていることを悟っていた。

この期待はずれの子が私である。

「おう、猿かと思ったけど割とまともだぞッ。こうしてほっぺを指でつつくとね、ほら見てごらん、ねぇ、口開けるでしょう。新生児って面白いよね。ね、ね、ほら、こうして指につかまるんだよ。自分を持ち上げるくらいの力は持っているんだね。人間が猿だった証明だよ。アハハハハ……」

聡一郎のまるで人ごとみたいなふざけた父親ぶりに、久子は思わず声を出さずに口だけ開いて笑ってしまったが、手を縦に振って悪ふざけの聡一郎をたしなめた。

「何なさるのよ、ご自分の子じゃありませんか。実験動物じゃありませんよ。お母さまが……ねぇ……がっかりなさって、女だって」

「ふうーん、また産めばいいさ。かわいいじゃないか。鼻が高いね、この子」

しかし聡一郎にとっては、この産まれたばかりの我が子が、目も、耳も、鼻も、口も、手も、足も、みんな満足にそろって乳満ち足りてほのかな寝息を立てている、それだけでもう男でも女でもそんなことはどうでもよかった。

元気に産声を上げた我が子への感謝の念が心から湧いてきて、聡一郎は眠り続ける乳児を抱き起こし、優しく頬に接吻をし、この世に産まれ出でた祝福を与えずにはいられなかった。

皆で男の子と決めてかかっていたから、布団、おくるみ、枕まですべて淡い水色の色調にまとめられていた。聡一郎は、水色にくるまれているこの子が寒々と見え、哀れにも思え、自分たち大人の身勝手さをすまなく思った。女の子なのだから、優雅にやさしい色で包んでやらなければと思うのであった。

聡一郎は名前を考えているのか万葉集や和歌集をパラパラめくりながらあれやこれやと悩み始めた。

長女涼子は、産まれる前から祖父の涼太郎が男の子用と女の子用の名前を用意してくれていた。しかし涼太郎亡きあと、今は父がねじりはちまきで、ちょっと泥縄っぽいが眉を「へ」の字に曲げ思案の最中だ。しかし、あれやこれやと書き出してなかなか決まらず、どんどん候補の名前が増えていく。大の字に寝て考え、立って考え、横に寝て呼んでみる。ゴロがいいか？　空に指を動かして書きやすいか？　それでも決まらない。挙げ句の果てには家系図まで出してくる始末だ。

そこに、今度は久子が人ごとみたいにほがらかに笑いながら言葉をかける。

「決まりましたか？　お名前ですよ」

「…………」

聡一郎は腕組みをして黙って固まっている。

「あんまり欲をお出しになるから決まらないんですわ」

「変な名前を付けて変な名前を呼んでいたら、その子が変な奴になっていくような気がするんだ。これって欲張りかなぁ……」

ちょっと落ち着いてまた明日にしようかと言いながら、聡一郎はまだ悩んでいた。

これはいい名だと思えば、小説に出てくる殺人鬼だったり、恋に破れるシコメだったり、自害するヒロインだったり……と、なかなかうまくいかない。独自に考えて胸を張ればいいものを、字画が合わない、三文字は嫌いと、これこそ欲張り以外の何ものでもなかった。

そしてそのままお七夜を迎え、とうとう聡一郎は、えーい！　どうでもいいやと投げやり気味にようやく名前を決めたのであった。墨をすり、真剣な面持で厚手の和紙に「温子」と書いて落ち着いた。

「いいお名前が付きました」

「いい名前だわ！」

「えぇ、いいわよ。温っちゃんね、かわいらしいじゃないの」

「そうか、みんながいいならこれに決めようか」

長く考えた割には平凡なところに落ち着いた。

アキは、顔を見たらさすがに情が湧いたのか、男の子だけを待ち望んでいたことも忘れて、顔をほころばせ手放しで大喜びした。

「うちの孫は色白な子よねぇ。賢い顔して、おじいちゃまそっくりで、かわいい、いい子だねぇ」

そのうち、乳の時以外は温子を独り占めするようになり、相手構わずかわいさを言いたくて言いたくて口元がむずむず動き、顔はゆるみっぱなしになった。長女涼子が竹田の家に来た時は三歳であったので、アキが手を出して触れられる乳児は、私、温子が初めてであった。それに涼子は五歳になっていたので、祖母とはもう遊ばなくなっていた。

アキは、お乳が十分だったのか丸々と太った温子を、「重くて重くて、おばばにはもう背負えなくなりました」とか、「温子が重くて背中が痛い。足が痛い」などと言いながらも、毎日外や家の中を背負って歩き回っていた。「夕方遅くなってもまだ帰らない」と気をもむ久子が外に迎えに行くと、「お前の母さん、心配して迎えに来たよ、温っちゃん」と言うのが常であった。おんぶから下ろされても、まだ足がおんぶのときの格好をしているので、久子はこの子は足が曲がってしまうのではないかと心配であったが、姑と気まずくなってはと、喉まで出かかった言葉をそっと胸におさめていた。

お風呂も大騒ぎで入れ、あくびをしたと言っては笑い、笑ったと言っては久子に、「見て、見て」と言い、うんちが出たと言っては安心していた。おもちゃも所狭しと並べ、温子が遊んでくれるのを待っていた。

聡一郎は絵を集めるのが好きで、その噂を聞きつけて、ありとあらゆる場所から画商が集まってきた。それは、油絵から墨絵まで大小さまざまで、日本人の描いたものから外国人の作品まで、あまりにも数が多くて何枚あるかなど本人でさえ分からなかった。自分でも水彩画を嗜《たしな》み、あまり上手でなくても、画商などは、「先生はお上手ですねェ。さすがにお目が高い！」などと褒め称え、舞い上がらせて上手な商売をしていた。

また、聡一郎はおしゃれで着道楽で、しわくちゃの物などは絶対に着ないし、ちょっとでもシミが付いたら「捨てる」と大騒ぎだったそうである。そんな聡一郎が、背広はもちろんのこと、Yシャツ、帽子、ジャンパー、オーバーなどすべてバーバリーじゃないと着ないと言い出した。そこで銀座の洋服屋の佐久間さんという人が、寸法を測りに家へやってくるようになったのである。

聡一郎はこの佐久間さんの男らしくぽんぽんと弾む調子のいい話に吸い込まれ、すっかり意気投合した。ふだん病人ばかりに接していたので、元気な人が好きだったのだ。また佐久間さんは世界中を飛び回っている人だったので、自分の知らない話に惹かれたのだろう。

佐久間さんが来るのをそれはそれは楽しみに待っていた。佐久間さんが来る日は朝から待っていて、ちょっと時間に遅れても、「佐久間はまだか、まだか……」と使いの者を駅まで見に行かせる始末だった。別れ際には、「今度いつ来る？」と目をぐりぐりとむき出して顔を覗き込んで聞いていた。

佐久間さんは皆が聡一郎を褒めそやす中で、ただ一人苦言を言い助言をしてくれる大事な友達だった。

「待ってばかりじゃなくて、お前も僕の家へ来いよ」

「本当にそうだ」

「江上、相変わらず寿司ばっかり食ってるんじゃないか？　それもほんの少しだろう。仏様じゃあるまいし、吐くほど食え。青魚を骨ごと食わなくちゃだめだ。鯛とかサヨリなんかだけ食っていては小さい声しか出んぞ」

「本当にそうだ」

「冗談じゃないぞ。お前それでも医者か。朝は納豆をかけて飯を三杯ぐらいかき込め。どんぶりで三杯だ。もりもり食ってみろ、元気になるぞ」

「元気だよ」

「なあんだか最近やせてひょろひょろしてきて頼りない。服作るたびに細くなりおって。風に飛ばされるなぁ」

「痩せてないよ、足が長いだけだ。もつれているだけだよ。うるさい奴だ」

「そうだ、お前は麦飯を食え。そりゃぁうまくはない。確かにうまくはないが、あれ食うと元気になるんだ。薬付きの飯だ。お前用の飯だ」

「知ってるよ。本当にそうだよなぁ」

「バカか、知ってるだけじゃだめなんだ。知ってるならそれ食えよ。明日からでいい。それから、タバコやめろ！　そんなに吹かすもんじゃない」

「本当にそうだ」

聡一郎は佐久間さんの小言を、腕を組みながら、またはタバコを吹かしながらいつも面白がって聞いていた。しかし、考えてみれば「本当にそうだ」なんて面白がっていられることではなかったのだ。仕方なく久子に、

「また佐久間の奴にタバコやめろって言われちゃったよ。厳しいこと言うんだ、あいついつもだぁー」

などと、おどけて見せていた。

聡一郎は日に二箱も三箱もタバコを吸い、手も歯もヤニでまっ黄色、一本吸い終わらないうちに次のタバコに火をつける、いわゆるチェーンスモーカーであった。書斎

の戸の隙間からは、いつも薄くもあーっ、もあーっと煙がもれてきて、朝起きてまず一本、布団に潜ってからも火をつけ、夜目を閉じるまでずっと吸っていた。抱っこされると私、温子までタバコ臭くなるほどであった。

タバコを吸いながらの読書の合間に、片足に私を軽く乗せ、相手をする。

「温っちゃん、入道雲ですよ」

「どれがヌードウ雲でちゅか？」

「もう一度やりますよ、ちゃあんと見ていてくださいね」

ぷーとタバコの煙を吐き出して入道雲を作ってみせるが、ぼんやり見ている子供の目はのろく、何度やっても煙はふわふわと空気に吸い込まれて消えてなくなった。

「しょうがないなぁー。それでは温っちゃん、今度はドーナツですよ。よく見ていてくださいね」

「ドーナチュだぁ……もっと作って！」

「はい、はい、もうおしまい」

「もっと……」

「それでは、おしまいに汽車ぽっぽの煙ですよ」

「ドーナチュと同じでちゅねぇ」

「ワッハハハァー」

私の脳裏に焼き付いている父の香りは、タバコの匂いである。


一方、姉の涼子は小学校四年生になっていた。成績は抜群で、人気者であり、「涼子ちゃんと手をつなぎたい」とか「一緒に並びたい」などと言われては得意になっていた。

足も速く、運動会ではいつも一等賞をとっていて、私は姉が一人だけ先に走ってくるのを見ていた。いつもちぎれるほど手を振り、痛くなるほど手を叩いて応援していた。家中で、きっとおばあちゃま似よ、いやお母さまよ、いや誰に似たのでしょう、と笑い合い喜んでいた。

学芸会では主役を演じ、姉の着る衣装を祖母と母が大はしゃぎで縫っていた。金の冠に銀の星にしましょうか、いや反対にしましょうよ……夜まで笑い合って楽しんでいた。まるで自分たちが主役に躍り出たかのように夢中だった。

絵で文部大臣賞をいただいた時などは、父まで落ち着きをなくし、祖母の声は裏返り、母は嬉しさのあまり思わず姉を抱きしめていた。

担任の西村先生までが、勤め帰りに、「涼子ちゃん、どうしてますか?」とご機嫌伺いに訪問してくる始末だった。それもほとんど毎日だった。祖母や母はもちろんのこと、父までも先生の訪問を歓迎したのである。

西村先生はチリチリにパーマをかけ、笑顔が素敵なおばあさん先生だった。先生は私にも優しく、「温っちゃん」と声をかけてくれ、先生の澄んだ声で名前を呼ばれると、心に火が灯りじわっと嬉しさがこみ上げてきた。

「成績表で涼子ちゃんには5を付けていますが、それは5までしかないからです。10があれば10を、100があれば100を付けたいのです」

これが、西村先生の姉に対する評価であった。

家族全員が有頂天になって得意の絶頂にいた。

父の死

そんな絶頂期にいる日々は長くは続かなかった。突然、父聡一郎が、ある朝、起きたとたんにふらふらと転倒したのである。

しかし、その後も何もなかったように勤めに通っていた。そんな日々の中で父は自分のお腹をつまみながら、「シコリができてる……」と呟いた。母久子の胸には、このシコリという言葉がずしりとのしかかったが、意味が分からなかった。タバコを一時も離せなかった父がタバコのことをしきりと気にし始めた。

「あぁ、喉も真っ赤だぁ。タバコやめようかな」

この言葉に母はほっとしたが、どうも胸の中で波が荒れ狂う予感がして余計に不安になった。

父はそれでもまだ勤めを休まなかったので、医学知識のない母にとって、父に何が起きているのか、何が起ころうとしているのか、想像することができなかった。

「久子、家には、貯金がいくらある？」

父はイライラしていた。

「必要なだけお母さまからいただくんですもの、貯金なんてありませんよ」

父は落胆し、不機嫌になった。

「今、子供はいくつといくつだぁ？ ……そうか、小さいなぁ」

聞かなくてもそんなことは分かりすぎるくらい分かっていた。ああ、この小さな子供たちを残していかなければならないのか。残された日、いや時間は……と計算して失望したのであろう。

そのうち父は毎日のおかずを気にし出した。

「今日は何のおかずだい？ そんなの食べたくないなぁ」

楽しみで聞いているのではない、もう食べられなくなっていたのだ。

家で横になっているのも、座って食事をとることも大儀らしく、お茶を飲むのも辛そうになった。

しかし、そんな状態になっても、まだ、「患者が待っている」と病院へ診察をしに出かけていた。家からわずか五分の道のりを、「病院は遠いなぁ」ともらし出した。私を膝に乗せることも、もはやできそうになかったのだ。

「お勤めなんて休んでください。寝ていてくださいませんか。島木先生にお話してお願いしてみましょうよ」

島木先生とは、父の同級生で医師である。

母はもう絶叫のような声を上げていた。心の中で祈るような思いで、父に何度も懇願した。しかし、父は母の叫びも聞き入れなかった。

「誰にも話すな、慌てるな」

話すな、慌てるなとは、きっと自分に言い聞かせていたのであろう。母は泣きながら、こっそりと佐久間さんと島木先生に手紙を書き、父の変わり果てた様子をしたためた。だが、もう遅かった。

佐久間さんは、母にとにかく落ち着けと言い渡し、島木先生は首を横に振った。

「江上は自分で手遅れだと気付いて、一人で隠そうとしているんですね。あいつ、一人で踏ん張っているんですね。こらえているんですよ、きっと。それとも東京へ連れていって太田先生に頼んで体を開いてみますか。……ああ、そうですか……シコリがあると言っていましたか。それなら癌かもしれませんね。……癌だと思いますね」

島木先生も、どうすることもできない自分へのもどかしさを感じていた。

結核、脳卒中は死の病と言われていた時代に、癌という言葉は一般的ではなかった。奇病にさえ思われ、父自身、気付いた時にはもう手遅れの状態であったのだろう。

友人の手術ももちろん診察さえも拒否し続けた父が床に就いたのは、死のたった二ヵ月前であったという。友人に、「子供たちのことは頼む」と何度も繰り返し言い残して、帰らぬ人となってしまった。

心臓マッサージのヒィーッ、ヒィーッと続く音がしーんとした部屋に響いていた。時々ウィヒー、アフィーと音が変わる。胸を押す医師の力の方が強そうで、やせ細った父の体が折れそうだ。時には父がマネキン人形のように体ごと起き上がり、固まったままドンと布団の上に落ちる。その時はもう完全に亡くなっていたのだろうか？五歳だった私の目に深くこの光景が焼き付いている。「あの時はお父さまは生きていたんだ」と。

贈りこまれた花輪の列の波と樒《しきみ》の生花が玄関から門、そして長い病院までの道までも埋め尽くし、葬儀は盛大に執り行なわれた。

地方新聞が父の訃を報じた。相次ぐ弔問客の長い列ができていた。

黒い喪服の人々は、涙にくれている母の虚ろな姿と、あまり眠っていない目のふち、疲れと悲しみの色が濃くついているその肩を見て、お悔やみの言葉をかけるのもためらいがちだった。母は喪主の席に座り、弔問客の一人一人に対し、虚ろに深々と頭を下げることしかできなかった。

どうして母も祖母も泣いているのだろう。五歳の私は父の死の悲しみを理解できなかったばかりか、これから何が起ころうとしているのかさえ想像することもできなかった。

白布で覆われた祭壇。黒枠の中に飾られ黒白のりぼんで結ばれた父の遺影が立ち昇る香煙の中で堂々と静かに前を向き、まるで皆を見守っているかのようだった。

「あっ、お父さまだぁ！」

皆、私のそんな不行儀を叱っていいものか迷い、口にも出せず、あまりに無邪気であどけない様子にただ顔をこわばらせ、ゆがみ、ひしゃげ、むせび泣きへ導いた。

「温っちゃんたら……」

皆一斉に白いハンカチの中に顔をうずめる。私はそれに気付くと、急に触れたらいけないものに触れた感に襲われ、息を呑んだ。初めて見る、人の死の場面であった。焼香の白い煙がもくもくと立ち昇り、独特の匂いをつけ、意味の分からぬ低い音のする読経の中、母は同じ月並みなお悔やみの言葉を繰り返し聞いていた。昔はお嬢様であった世間知らずの妻と幼い子供たちを残して死ななければならなかった父は、さぞかし死にきれなかったことだろう、思い残しがあったことだろう。

これまで町の人々とかけ離れた生活をしていた母は、町の人とあまり話もしたことがなかった。病院長の主人が亡くなり、夫人はどうするのか、どうなるのか、町の人々は興味をもって眺めていた。

「へえーっ、あれが奥さんかぁ。かわいそうにようー。今頃、困ってるよ」

私はめそめそ泣くことしかできない母に、騒ぎの中置き去りにされていた。人一倍感受性が強かったのであろうか、母親の動揺が私に伝わり、いとも簡単にゴボッ、ゴボッ、と食べ物を吐くようになっていた。咳のようにゴホとむせるとすぐ戻し、胃に入れたばかりの食べ物は、誰がこんなに食べたのかと思うほど量を増やして戻り出た。にんじんなどは、丸飲みしたかと思われるほど、そのままの形であった。

やがて吐くものさえもなくなり、緑の液までもが口からだらーっと力なく吐き出てきた。私は父の死を体で受け止めたのだった。

母は泣きながらも人の応対に追われ、子供どころではなかったのだろう。そして、あれほど優しかった祖母も私を抱くことをしなくなってしまったのだ。

それだけじゃなかった。お手伝いの女たちは早く給金をくれとせがみ出し、わぁわぁ、きゃあきゃあ、とはしゃぎ声を上げながら、まるで祝儀袋でも拾い集めるかのようにいち早く母の着物を物色し、奪い合って喜んでいた。

「あたい、これにすっぺぇ」

「おら、これでいい！」

お手伝いたちは食器類から小物、大物までそそくさと集め、皆大きな荷物を背負って我れ先にと逃げ出していった。部屋は荒れ放題になり、絵や掛け軸、のれんやタオル類までなくなり、残ったのは壊れたおもちゃと家族で写した写真だけが、床にバラバラと無造作に打ち捨てられていた。その写真にまた悲しみが増したのである。

庭師などは悪びれることなく、母の目の前で祖父の自慢だった古木の松の木を掘り起こし、堂々と馬車に積み出した。あたかも、ちょっと自分の忘れ物を取りに来たかのようであった。庭石までも縄で縛り、大きなかけ声を遠慮なしにかけ合いながら持ち出した。

「そーれ、いくぞぉ」

「おうっ、もっと下だぁ」

「おおー、よしきた」

「そっちは、いいかぁー」

母は何もできず、ただ呆然と見ているだけだった。あまりのひどさに声も出ず、棒立ちになるのが精一杯だった。

画商にいたっては父の買いあさった絵画は未払いであると言い張り、早く払ってくれと強引に迫った。いつも手を揩り合わせて愛嬌を振りまいていた顔は、一転して狡い悪徳商人の顔に変わっていた。

魚屋も八百屋も来ない。西村先生すら来なくなった。

誇りだけあって生活力のない母は、たちまち困窮と屈辱の日々を過ごすことになり、世間の冷たさをもろに心の底から味わった。生まれて初めてさらされる世間の冷たい風に耐えられなかった。毎日おろおろと泣いて過ごし、ちょっとした風の音にも怯える毎日であった。最後まで久子の元にいた乳母の幸子までが、患者と恋愛をし、傾いた家を見限ってすごすごと立ち去っていった。

病院では院長が亡くなったということで患者数が減り、個人病院だというのに雇いの医師の中で院長の後釜争いが勃発した。

争いは日ごとに激しくなり、最後には院長になる資格のない事務長までもが加わり、大揺れに揺れていた。昔からいた看護婦まで辞めていき、父の部下であった医師までも母に挨拶すらしなくなっていた。

まだ母は泣いていた。人に頼ることしかできず、自分の頭で物事を考え、決断することを忘れていた。

振り返り考えれば、これが失われていく江上の家の始まりだったかもしれない。家が根こそぎ倒れた。倒れた家や塀を今まで信じていた人たちがいとも簡単に踏み付けにした。

しかしそんな泣いてばかりいる母とは対照的に、祖母は悲しみを心にしまい隠し、背筋をピンと張りどっしりと座り続けていた。そして母が立ち直るのをじいっと待っていた。

祖母はそれまで父の妻を守る姿勢が強かったので、嫁いびりの差し出口はしないでいた。しかし、母のあまりのひ弱さに呆れてとうとう祖母の口から我慢の限界を超え、ぴしりと小気味良く文句の付けようがない憎まれ口が躍り出た。

「お前さん、いつまで泣いてりゃ気がすむんだいッ。泣いてりゃ聡一郎が墓からにょっきり起きて帰ってくるとでも思っているのかい！　このいくじなし！　お前さんだけが、そんなところで寝てないで飛び起きろって墓から引きずり出せる人だと思ってた。そうするにはどうしたらいいか考えてごらん。お前さんだけが悲しいんじゃない、みんなだよ。泣いてないですることあるだろう、生きてる人間がだよ。お前さんが聡一郎になればいいだろう！　女子大卒だというお前さんの腕の見せどころだろうよ。泣いてたらご飯を口に入れてくれる人はいないんだよ。それとも、口に入れてくれるまで待つと言うんかい。誰もいやしないよ。大バカ者！　死んじゃうよッ。大学卒って、フエッ、こういう時に役に立たない学問なんて、しない方がいいよッ。そんな役立たずな人に、ここにいてもらっちゃ困るんだよ！　赤坂の家でもどこでも出てお行きッ！　何、死にたいだと？　……ああいいとも、死ねばいい！　なんなら見届けてやりましょ。さあ、この目の前で死んでみィ。そんな勇気はありゃしないよ、お前さんには。フェッ！　お前さん、いったいこれからどうしようと思ってるんだい。いくら待っても、泣いているお前さんには聡一郎は帰ってきやしないね。どんなに仏前に水持ってったって墓に花おっ立てても、聡一郎は口をききゃぁしないよ。墓に行って死んだ人と話したなんて聞いたことがない。生きている人が考えないで、誰が考えるのさ。ええッ、子供はどうするのさ。お前さんは子供の母親だろう？　なんならこのおばばが母親になって立派に育ててみせるから、子供を残してお前さんだけこの家から出てお行き」

母はびっくりして腰を抜かし、またもや泣いて身を伏せていた。祖母はもう取り合わなかった。

祖母の頭の中は、病院のことを心配していたのだった。この母のめそめそとおろおろが祖母に見切りをつけさせ、父の弟信二郎が立派な医者になるまでは自分が病院を背負って立つと、深く決意させることになったのであった。

母は虚脱状態だった。母にとっては、雇われ医師とはいえ男の医師の鼻先で旗を振るようなでしゃばりな女になるのは性に合わなかった。それが母の考える婦徳というものでもあった。医学部を志すほどに子供が大きくなっていたなら、これほど落ち込まず泣き続けていなかったかもしれない。しかし子供たちはあまりにも小さすぎ、海のものとも山のものとも見分けがつかなかった。母にとっては、子供は頼りにならず、一人で不安で恐ろしく、まさに荒れ狂う海の中をぷかっと浮いている小さな木の葉のようであった。

それでも、祖母の、「子供を残して出て行け！」の言葉に、母はのろのろの弱腰で奮起した。

「子供は絶対に渡さない！　家も出て行かない！」

まだまだ弱く危なっかしくつっかえ棒が必要だったが、顔つきには必死さが表れ、もう涙も残っていなかった。

「奥さん、ようやく元気を取り戻しましたね。弱くなると叩かれるんだよ。今までの生活なんて夢だと思えばいい」

これまでずっと成り行きを黙って見ていた佐久間さんが、母を優しく諭した。

「子供は絶対に手放さない方がいいですよ。第一、手放したら気になって落ち着かないでしょう？　あのお母さんの方が強いから、子供は育つかもしれないけどねぇ。あのお母さん、いくつ？　……そう、六十五近いんだ。若く見えるねぇ。だめだめ、手放しちゃ。子供は今はビィービィー泣いてるかもしれないけど、今に見ててごらんなさい、きっと奥さんの力になってくれるはずですよ。……だめだめ、後悔しちゃうよ。それで、えーと、お金のことだけど、僕がお母さんにかけ合って貰ってきてあげますよ。任せてくれますか？　……いいですね。話が分かる人ですよ、あのお母さんは。しっかりしてるものねぇ。頭は明治生まれじゃない、女にしておくにはもったいない。たいしたものだ。ただの人じゃない。孫がかわいいもの、お金は大丈夫ですよ。ちょっと奥さんを脅かしたんですねぇ、きっと。……ところでっと、こちらが一つ条件出すでしょう、そしたら向こうの言い分も聞いてあげなくちゃならないんだけど……これは交渉だから……奥さん、この家に住んでいたい？　……そう、ずっと？だって、弟さんが病院継ぐんでしょ？　そうしたらお嫁さんが来て、子供が産まれるかもしれないよ。考えてみて、住みにくくなるよ。そう思わない？　見てて思ったんだけど、弟さんはあのお母さん譲りのやり手だね。どっちかというと、商売人だよね。江上は学者さんで、儲けることはできない奴だもの。弟さんが継いだ方が病院は大きくなると思うな。そうしたら、もう弟の病院になっちゃって、ますますもって住みにくくなってくるよ。そう思うけどなぁ」

「えぇ、本当にそう思います。どうしたらいいのでしょう……」

「潔く、この家は出ましょう。家は探しましょう！　それでいいですね」

「……ええ」

「奥さん、今度はあなたが働くんですよ」

「えっ、働くんですか？　私が？」

「そうです。世の中を見るのも楽しいものですよ。生きがいっていうか……そうです、生きがいになるはずです。僕はあのお母さんからお金を貰ってくるつもりですよ。それは、つまり、そうですね……あるお金は死んだお金なんですよ。常に生み出すお金がなくちゃだめ。子供は大きくなるのにお金がかかるんですよ。だってそうでしょう、今ちょっと金がないから入学待ってくれって言えないもん。自分の足で立つんですよ。自分の足で立つことは、もちろんそりゃあ辛いこともいっぱいありますよ。でも、居心地のいい場所を確保できるんですね。仕事はだんだん慣れてくるものですよ。まあ、とにかくあのお母さんと話してきましょう。……ああ、僕だけで行ってきますよ、まずは」

佐久間さんは自らあの強い祖母を説得し、私たち子供の学費、生活費を貰ってきてくれた。さらに母の勤め口も、新しい家も見つけてきてくれたのであった。なんと親切な人だったことか。救世主みたいな人だった。

新しい家は竹田の町はずれにある小さな古い家だったが、それでも親子三人が生活するには十分な広さがあった。大きな家具などは持ち込まず、ほんの手回り品と着替え程度であったので、狭くてもすっきりと片づき家の中のガラーンとした殺風景さに私は子供ながら一抹の味気なさを感じ、町はずれの静けさも加わって、なお一層寂しさが身に沁みることになった。

隣の山田さんの家と我が家だけが二軒高台にあり、坂を下って行くと一軒、また一軒と家がぽつん、ぽつんと続き、十軒ほどの集落になっていた。その周囲は見渡す限りどこまでも畑で、遠くに空高くまっすぐに伸びる木々が生えていた。森というのだろうか、ぼんやりと見ているだけで壮大で荘厳な気持ちになれるものだった。

畑は季節ごとに色を変え、音を変えた。春は、ぱーっと広がる鮮やかな黄色の菜の花がきらきらと輝き、モンシロチョウが花の上を固まりになって優雅な舞を披露する。夏はトウモロコシの黄みがかった緑色で染まり、赤ちゃんの背丈だったものがあっという間に大人の背丈を越える。葉が風にさわさわ、ざわざわと涼しい音を奏で、甘い実に蟻がどこまでも行列を作る。秋になると、さつま芋が土の中から赤紫の顔をぞろぞろと繋げて現し、蔓《つる》では首飾りができる。牛が一抱えもある葉と蔓をいっぺんに口に入れ、ゆっくり口を動かしもぐもぐもぐと快音を鳴らしながら潰すように食べる。冬の畑は特産の白菜でいっぱいになる。大きくなると一つ一つ縄で頭をしばり、畑の真ん中に丁寧に積み上げられ、ムシロをかぶせる頃になると、もう吐く息は白くなる。

隣の山田さんの家では、紙に糊を付けてピカピカやつやつやの紙を作っていた。色はさまざま、大きさもいろいろ、金粉、銀粉の混じる紙、薄く透きとおる紙、一日中見ていても飽きないほどだった。いつも私がそばを通ると、おじさんとおばさんが「温っちゃん、今帰ったの?」、「どこへ行くの?」などとよく声をかけてくれた。この温かな声を聞くとなぜかほっとして、ああ帰ってきたんだなと思っていた。

坂を下り切ったところには、変わった形の大きな家があり、いつも釣瓶がギィー、ギィー、と苦しそうな音を立てて水を汲んでいた。有名な「拝みや」さんだそうで、大きな玄関前には信者らしい人が数十人集まって、団扇の形をした太鼓を熱心に叩いていた。その音は小さなボールが弾む時に出す軽い爽やかな響きを持っていた。全員で一糸乱れず、一心不乱に太鼓を叩き鳴らす。爽快であった。

「ドドスコドンドン、ドドスコドン、ドドスコドンドン、ドドスコドン……ドドドドーパァラードドン」

誰も間違える人がいない。いつも同じ音で、同じ速さで、白い布を頭にすっぽりとかぶり、マトリョーシカのような形になってバチを軽々と振りかざしていた。そのバチで弾き出される音は、静かな畑の中に点在する家々に染み渡り、森までも届き、ふぁーんと心地いい音だけがずっと私の耳にとどまった。朝起きても、お風呂に入っていても、ぼんやりしているとこの音が体から吹き上がってきて、同じリズムを打ち始めていた。不思議な魔力があった。

母は時折、我が家は集落の一番奥にあって遠いとか不用心だとか言って寂しがっていたが、この集落の人たちの誰とも心を開いて話そうとはしなかった。いつもそそくさと会釈して通り過ぎ、ましてや井戸端会議など決してしなかったことが、子供心には寂しかった。

約束

佐久間さんという人は、それまでずっと、母までも銀座の洋服屋さんだとばかり思っていた。父が「洋服屋」と呼んでいたからである。実は水道水に入れる塩素や、病院などで使われる消毒液などを製造する会社のオーナー社長さんであった。

姉と私は、父の死後急にこの佐久間さん夫妻に親近感を持つようになり、「おじ様、おば様」と呼んで慣れ親しむようになっていった。それまでは父と笑いながら話しているのをそばで見ていただけだったのに、父の壁がなくなり直接お話をするようになったからだ。

また、佐久間さんは自宅敷地内に大所帯を誇るマンションを持ち、その中には有名人の顔もあった。商売が安定するたびに次々と手を広げ、貿易商のようなことまでやってのけ、世界を股にかけて飛び回っていた。

帰国すると怪しげな外国語で歌を歌い、口伝えで教えてくれた。私は訳の分からない言葉とあやふやな音符を真似して気持ちよく歌い皆を笑わせていた。アレルヤ、アレールヤ、インナキャーバン、エースザンナドンベエー、イナホヤダゾイデエー、おどまぼんぎりぼーんぎり、オードブラックジョウー、晴れたる青空、オーローザ……。ハイドン、モーツアルト、ベートーベン、民謡、流行歌と、もうごちゃ混ぜになって、快く体中を駆け巡っていた。

名刺には、書き切れないほどの肩書きが載っていて、実と名が結び合って、従業員は喜んで敬服してついてきた。誰をも納得させる人柄と褒め上手の口を持ち、人を夢中にさせる。時には私財を投げ出すほどの気っ風のよさがあって、精力的に駆け回れる並外れた体力を持っていた。名は知れ渡り、選挙、仲人、時には揉めごとの仲裁まで引き受ける。人に好かれ、慕われ、それに相応《ふさわ》しい才覚があった。忙しすぎて家にじっとしていることはめったになく、家のことやマンションのことはすべて夫人に任せ、酒に酔っておぼつかない足取りで夜更けて戻ってきていた。

任された夫人は愚鈍で才能はなく、自分の力量を越えた仕事にアップアップと溺れて死にそうな悲鳴を上げていた。

「家賃を払わないッ」、「猫を飼っているッ」、「また、鍵が壊れてるッ」だからいつも眉間にシワを一本縦に立て、イライラして鬼女の面になっていた。ちょっとのことで弱い者に八つ当たりする。まだ体の小さかった私などは、頭の上から金切り声を浴びせかけられると、固まって動けなくなっていた。怒り出すとさらに興奮してきてとどまるところを知らず、その怒りはあっちこっちに飛び火して、もともと何を怒っていたのかさえ分からなくなるほどだった。私はただひたすら闇夜の猫のように目だけ光らせて、じっと怒りが鎮まるのを待っていた。

本当にたまにだが、おじ様を見かけると首に腕を巻き付けて甘えられる時があった。何も話さなくても温かさが伝わってきて、父親とは違った魅力に溢れていた。

「温っちゃんか、自転車乗れるんだって?」

父とは見かけも違っていた。父は長方形なのに対しておじ様は正方形。父は黙ってタバコを吹かして本ばかり読んでいるイメージなのに、おじ様は行動力に溢れ、話が大きく、人と交わるのが好き。でも私はごくたまに会えるこのおじ様が好きだった。大きく構えて身を包んでくれる優しさ、何でも受け入れてくれる度量の広さに、父親のような魅力を感じていたのだろう。

そんな佐久間夫妻が、涼子を一人息子の隆夫の嫁に迎えたいと申し入れてきた。佐久間の家では、むしろ江上の家のためによかろうと考えてくれたのだろう。

その時、隆夫も涼子もたったの十二歳。しかし母は、反対もせず首も傾げず、喜び勇んでその申し入れに飛び付いたのであった。本人の意思を確かめようにも幼すぎて聞きようもなく、人一生の一大事を親の都合で決めるなどもってのほかのことだと考えなかったのだろうか。いや、母は当の娘を差し置いて誰よりも喜んで話に乗っていた。

私はこの時の様子をかすかに覚えている。佐久間のおじ様とおば様、母の三人が、私の分からない言葉で、初めは深刻にテーブルに着いて三つの頭を寄せ合って話し合っていた。それがある瞬間にぱーっと晴れ、明るくなって、三人はバラバラになって笑い合っていた。

何を話したんだろう？

口に出して聞いてはいけないような気がしたし、もちろん聞いても分からなかっただろう。

おば様は、おじ様が仕事一途で忙しい日々を送っているのとは反対に、暇とお金を持て余し寂しく暮らしていたので、涼子は生きているお人形のような存在になっていった。甘やかし、欲しいものは何でも買い与え、涼子が喜ぶ顔が見たくて見たくてたまらないという風であった。

この時から、涼子はいわば身分を保証された人質みたいなものになったのだが、自分はちょっと特別な存在なのだと認識し誤解し始めた。

また涼子の存在は母にとっても生きるための心の支えとなり、心の恋人であり、愛しい娘でもあり、つまり王女様か女神様のような、いや君主そのものとなっていった。母は涼子があまりに大事すぎて、親だというのに小学生の娘に物が言えなくなってしまったのだ。

こうして、統制を失い狂った家族体制はよろよろと動き出したのである。

そんな中、私は小学校に入学する歳になった。

期待に胸を膨らませ、輝く瞳を持って学校に行ったのに、私にとって小学校はとんでもないところであった。一年生の時の受け持ちの先生は、あの西村先生だった。母は知っている先生でよかったと手放しで喜んでいたが、私は姉と比較される材料を提供したに過ぎなかった。期待は打ち砕かれ、絶望と孤独の連続が始まった。愛を求める傷つきやすい子供の行くところではなかった。

まずびっくりさせられたのは、先生方の言葉の乱暴さであった。「お前らッ」、「江上ッ」、「いいか、分かったかッ」度肝を抜かれた。国語の先生は国語だけを教え、理科の教科書さえ開かない。テストもしない。だが成績は付いてきた。生徒の日記を平気で読み、誤字を赤ペンで直す。内容が気に入らないと書き直させ、気に入れば二重丸を付ける。絵の時間には皆、同じものを描き、空は晴れたコバルトブルーに決まっていた。毎年同じところへ行く遠足の作文に苦労した。

私は批判する気持ちも責める気持ちも持っていなかった。それどころか、先生を神様のように尊敬していて、おっしゃることは絶対的に信用していた。そんなことは当たり前だと思っていたし、登校拒否をすることを知らなかったから、月曜日が来るといつもどおり学校へ足を運び、それが一層絶望と孤独を深める結果に繋がった。

町の名士だった父が生きている頃に小学校に通った姉とは雲泥の差だった。「お父さまがいなくても、温子は温子よ！」そんな心の叫びは、大人たちの耳には届かなかった。

一年生の帰宅時間は早かったが、母が慣れない仕事から帰宅するのはとても遅かった。母はいつでも疲れ切っていて、幼い子供たちが何をしているのか、何を考えているのか気遣う元気さえなくしていた。この頃の母は自分が生きてるだけで精一杯だったのだろう。

姉は母がいないのをいいことに、この頃から、「その目は悪いことをした目だ」とか、「また、汚したな!」など、言いがかりを付けてきて、私の頬に往復ビンタを張ったり、体を踏み付けにしたり、所かまわず蹴り倒したりして、暴力を振るうようになってきた。

私はあらん限りの声を出して泣き叫び、床を這いずり、逃げ惑う。ヒック、ヒックとしゃっくりが出て、もう泣けないというところまで、悲鳴とも絶叫とも取れる大声を出して泣いて、いるはずもない母に助けを求めていた。

暴力は日増しにエスカレートし、念入りになっていった。私の細い体、腕、足、顔までも赤く腫れ上がり、やがて青紫、赤紫になっていく。それが治らないうちにまた殴られ、色はずっと消えることがなかった。内出血の輪がどんどん広がり、別の輪と融合する。ほとんど肌色の皮膚が残っていなかった。目の下はもちろんのこと、口元、口の中も切れ、舌も切れて、塩気に触れると、「うっ」と思わず縮み上がり、お味噌汁などは飲めなくなった。手の甲は姉の爪跡が付いたまま、いつまでもぐちゃぐちゃと膿んでいた。鼻などちょっと触れただけでもダラーッと鼻血が赤い水のように流れて、あっという間に服を濡らし足元まで汚した。歩く屍そのものだった。

大通りから集落までのでこぼこ道は、乾いた風の吹く日は先が見えなくなるほど土が舞い、雨が降ればぬかるんでぐちゃぐちゃになり、泥に足が吸い込まれてなかなかうまく進めない。一歩ずつ、ガボッ、ガバッと泥と格闘して家に着くと、靴から靴下、洋服、ランドセルまで泥だらけになる。この泥だらけの物を、幼い私にはどうすることもできず、母が困るだろうと思っても、そのままにして姉に殴る口実を与えてしまっていた。肉にビシャ、ビシャと突き刺さる音が絶叫でかき消される。

母が帰宅すると、姉は我れ先に走り寄り、

「温っちゃん、泥で汚れていたから拭いてあげたよぉー」

と澄まして虚偽の報告をする。この種の嘘をついても誰も驚かない。

「ふうーん、そう」

母は当たり前でしょとばかりあまりありがたがらない。こうなると、嘘をついた姉の方は物足らなくなってくる。このうっ憤が、明日の暴力へのエネルギーと変わっていくのだ。姉は、母の前では叩かず飛び掛からないいい子だった。

母が帰って夕食が出来上がる頃には、私の目は虚ろになり、口に物が入ったまま眠ってしまうような状態であった。見る見るうちに痩せ細り、骨に皮が張り付いただけのペチャンコな体に見え出した。姉が蹴っただけでも私の体は宙に浮き、髪の毛を持って引きずり回すことなど楽にできるようになってきていた。

私はまだ無邪気な子供だというのに、人の顔色を窺う感覚が鋭くなって、姉のかすかな視線にも反応し、見逃さないようになってきた。今は柔和な表情でも、決して安心はできない。何かの拍子に猛虎に変身して飛びかかってくるかもしれないからだ。そして、絶対に姉の横に座らないように心がけた。無言で爪を立ててつねるからである。

私は六年生の姉の帰宅時間を体で知っていた。その時間が来ると自然に体がわなわなと震え出し、怯えた表情になり、いつ始まるか分からない暴力を恐れ戦いていた。

父が亡くなり、家が潰れた今、西村先生は涼子を見舞って父母に機嫌をとっていた人とは別人だった。家庭訪問すら来なかった。

学校では、私は自己表現ができず、引っ込み思案だったので、友達はなかなかできなかった。疎外感さえ感じ、いつも教室の隅にひとりぽっちでいた。遠足、運動会、学芸会などが大嫌いになった。教室のように決められた椅子がないと居場所がない気さえし、「好きな子と組になりなさい」などと言われたら、完全に一人だけあぶれそうになるからである。

大きな声を持つ明るい子にコンプレックスを持つようになった。みんなが大笑いをして浮いているのに、一人だけ沈んでいた。誰かに友達だと言ってもらいたいと、常に心の底から切望していた。

ある日、図工で使う粘土を持ってくるようにと言われた。私が一年生の頃は粘土は店で売っている物ではなかったので、各自、土の中から掘り出して持っていくことになっていた。でも、私は粘土がどこにあるのか知らなかった。

母が帰宅した時、今言おう！と思った。いや、着替えてから、「明日、粘土持っていくんだって！」と言おう。母が台所に立ったら言わなくちゃ。ご飯を食べている時に言えばいいや。ご飯が終わったら喋らなくっちゃ……と、あとへあとへと引き延ばし、頭の中は粘土でいっぱいに膨れ上がっていた。時計の針は遠慮なしに、チィッ、チィッと私をつっついて急き立てる。「早く!」と。頭も「早く!」と同じ信号を何度も送っているのに、あたりはもうすでに真っ暗になっていて、疲れ果てた顔をしている母にはますます言いづらくなっていった。

朝起きても、粘土のことは忘れていなかった。みんな忘れてくれればいいなあ……という願い虚しく、恐ろしいことに、粘土を持ってこなかったのは、五十人もいる生徒の中で、岡田君という子と私の二人だけだった。

ふーっと胸がしぼみ、絶望感に血の気が引いた。

「立ちなさいッ!」

西村先生の眼鏡の奥に潜む怒った目とこの鋭い一言に思わず息を呑む。

「忘れました」

岡田君が蚊の鳴くような声で言った。

違う、違う、私は忘れていなかった。息を大きくスゥーと吐くと、どうしたことだろう、私の口は独りでに動いて自分のものとは思えない声で言っていた。

「忘れました」

岡田君より小さな擦れた声だった。

この時、自分に納得させた。私は忘れたのだと。

休み時間までどうすることもできずにもぞもぞと体を動かし、祈るような思いで授業終了のベルの音を待っていた。

ようやく休み時間になって、鈴江ちゃんがそっと粘土を分けてくれたので、慌てて震える手で犬とも馬とも見える代物を作り、みんなの前で恥をかき、さらし者になっていた。

みんなの作品の中にまぎれ込ませ、ホッと息をついた。

振り返ると、鈴江ちゃんは悪者に加担したかのように思ったらしく、おどおどして困った表情に変わっていた。先生に叱られた時よりもっと怖くなってきた。困った表情の鈴江ちゃんに、「ありがとう」の言葉はどうしても出なかった。鈴江ちゃんまで叱られたらどうしようと本気で心配していた。

なぜか岡田君の顔も見られなかった。

通信簿は音楽が4で、それ以外は3であった。忘れ物が目立つと書いてあり、栄養不良の印が斜めに押してあった。

これが初めての私への評価であった。プライドの高い母は、この評価を見て地に堕ちたかのように落胆し、やり場のない怒りを私にぶつけた。

「何が分からないのよッ。こんな一年生のものなんか……頭が悪いんだからもうッ。忘れ物？　……いったい何忘れたの？　先生のお話をちゃんと聞いてなくっちゃ。栄養不良だって、ほんと恥ずかしいわ。ちゃんと食べなさいよぉ。お母さまが食べさせてないみたいじゃないのぉ」

母は歯ぎしりし、通信簿も私までも破いて捨ててやりたいというような勢いがあった。

涼子は、得意そうに薄ら笑いを浮かべ、私の通信簿をつまんで高々と上に上げ、ぞくっとするような節を付けて、

「国語も3、へぇ、社会も3、へぇ、体育までも3、へぇ、へぇ、ふーん3」

と通信簿を放物線を描くように私に投げ返してきた。それがうまいことに座布団のど真ん中にぽとんと座ったので、

「まあー、お行儀のいいこと！」

と、おかしくもないのにわざと大声を使ってヒヤアーッ、ヒヤアーッと嫌味たっぷりに嘲り笑った。

私は溢れる涙を何度も手で拭き拭き隠して、寒々とした心を抱いて立っていた。

オール5の姉のものと、私の悲しい通信簿は、父のお仏壇にあげられた。翌日見てみると姉のものは真ん中に、私のものは横にして隠してあった。


休みが来て、佐久間家に招かれた。

父が亡くなってからは家族旅行などなかったから、電車に乗れるというだけで私の胸は高鳴っていた。切符売り場の木枠に近付いて、母が「子供二人です。新宿まで」と指を三本立てて切符を三枚買った。これで安心、私も行けるんだ。

ホームに電車が勢いよく入ってくるのは実に怖いものだ。吹き飛ばされて電車の下に吸い込まれそうになる。でも電車は必ず同じ位置に止まる。

「入り口はねぇ、この階段の下だよねぇ、お母さま、そうでしょう?」

「へぇー、そうなの? 知らなかったわ。温っちゃん、よく気が付いたわねぇ」

母の目が輝いた。私が母の目を輝かせることができた。私の体の中に熱い喜びの渦がぐるぐる回って、体ごと弾んで気持ちがよかった。

トンネルに入ると、いきなり車内は真っ暗になる。自分の顔が窓に映る。トンネルを出ると、どこまでも緑一色の景色が目の前に広がる。家が一軒、二軒と増えてきて、やがて家がぎっしりと固まって見えるようになる。その細かな家々がやがてビルに変わり、「ヨコハマタイヤ」の大きな看板が見えれば、もう上野だ。

東京と竹田の違いは、人の多さと人の動きの違いにある。忙しそうにセカセカと人と人の隙間をうまく見つけて歩き急ぐ、東京のこのテンポが好きだ。また賑やかさにも魅かれる。活気に溢れ、力が漲っている。父が東京に憧れた気持ちが何となく分かる時だ。

母はずらっと横に並んだ赤い公衆電話のダイアルを、いちいち数字を確かめながら、ええっと、ええっと、とゆっくり回していた。そんな人はいなかった。皆ダイアルが戻ってくるのが待ち切れないくらいギィーギィー回していた。母まですっかり田舎者になってしまっていた。

佐久間家は新宿から私鉄に乗り換え急行で一つ目だった。駅を出ると狭いロータリーになっていて、人と車でごちゃごちゃに混雑していた。目の覚めるような色の服を着たサンドイッチマン、チラシを配る人、怪しげな手相占い。

ひよこに毒々しい色を染めて売っていた。怖いのかみんな箱の隅に寄って固まって震えていた。なんだかその姿が私に似ていてかわいそうで、そこにしゃがみ込んで離れられなくなった。

「買ってあげようか?」

母のほんのりとした声に、なぜかううんと首を横に振った。

道の両側には商店が窮屈そうにずらっと並んでいて、ふらりと歩くだけで欲しい物が全部手に入りそうだ。果物屋、肉屋、魚屋、カメラ屋……。

やがて道の両側に店がなくなると、街並みは一変し、絵本の世界のような住宅地が広がる。明るい緑が生き生きと萌え広がり、白い大きな花が太陽に向かって咲き誇り、黄色の小さな花は枝もたわわに咲きこぼれていた。どの家々も手入れが行き届き、圧倒されそうな構えだった。それはまるでおとぎの国のお城のようだった。

佐久間家はすぐに分かった。

その家は、父と家族四人で過ごしていた竹田の家にそっくりだったのだ。母と姉、私の三人は、「わぁー」と感嘆の声を漏らし、息を呑んだ。

我が家は白かったが、佐久間家はクリーム色だ。窓枠まで似ているし、ドアは同じ。ベルを押すとゴロン、ガラン、とおしゃぶりを振ったような音がした。

「まあ、まぁ、よくいらっしゃいました。奥様、お久しぶりでございます。涼子様、さあ、さあ、どうぞ、温っちゃんも」

おば様は、姉を涼子様、私を温っちゃんと決めたらしい。

おば様は私たちを両手を開いて迎え入れ、笑顔を浮かべて姉の髪をなでながら胸に抱きしめた。

母がもごもごと、この家は……と問いかけると、

「あーら、ご存知じゃなかったの？　ホーウドン先生の設計よ、ほら、ドイツの。似ているでしょう、前のお宅とも」

私はびっくりしていた。電車に乗って着いたら、昔の家に戻っていたのだから。玄関もホールも出窓も扉も、何もかも昔の家だ。でも佐久間家の方が大きい。

西側の窓ガラスに埋め込まれた青いビードロ玉が、西日に反射して青みどりの光を廊下にばらまき、海の底にでもいるような神秘的な気分になる。昔の我が家はオレンジ色だった。古時計が年代ものの音を奏でる。

おば様はおじ様より背が高い上に、家の中でも白いハイヒールを履いていた。しかもよたよたと歩き、すぐ物につまずく。いつ脱ぐんだろうと気にかかった。すぐ、「八重さん、ヤエサァーン」とお手伝いの八重さんを耳障りな声で呼び寄せる。八重さんはこの声に宙を飛ぶように駆けてくる。どんなことも八重さんの手にかからなければ我慢ができないらしく、ちょっとのことで遠くにいる人を呼び付ける。けれど八重さんは嫌な顔を見せず、「へえへぇ」と気持ちがいい返事を短くし、用をすませていた。

この八重さんは、もうこれ以上太れないと思うほど太っていて、野太く優しい丸みのある声で喋るおばあさんだ。嫌なことも楽しいこともみんなこの太い体にしまい込み、佐久間家にはなくてはならない存在で、信頼が厚かった。物の置き場所をよく知っていて、爪切り、切手、薬、ハサミなどを、魔法使いのように出してきた。

佐久間家は完璧といえるくらい電化されていた。クーラーはゴーゴーと音と振動を付けながら回っていて、時折不揃いの氷を勢いよく吐き出す。まだその当時はとても珍しかったテレビもあり、スイッチを回すと忘れた頃に点が現れ、やっとこさっとこ画面になった。動いている松島トモ子を初めて見た。番組は一日数時間しか放送されていなかったので、映画を見る気分で時計を見ながらまだかまだかと待っていた。しかし、不思議なことに我が家にもある洗濯機はなかった。なにもお手伝いに洗わせるのに買う必要はないと考えたのだろうか。八重さんは、喉をヒイッ、ヒイッ、ヘェッ、ヘェッと鳴らしながら、たらいと洗濯板で腰を丸くして洗っていた。何とも聞いていられないような苦しい音だった。思わずそうっと背中をさすってやると、振り返って私にびっくりしたような笑顔を向けた。

「温っちゃんだったよねぇー」

「うん」

「一緒に買い物行こうかあ？」

あとを追い回す子供を不憫に思ったのか、目尻の下がった優しい顔を私にくっつけて、お・か・い・も・の、と私の小さな鼻をてんてんと人差し指で触った。この嬉しい言葉に、思いっ切り飛び付いた。

「うーん、行く、行く！」

勝手口を出て、家々の間の細い道をくねくね曲がると、あっという間に商店街に出た。抜け道だ。ここ知ってるとばかりに得意げに私が走り出すと、八重さんは鼻の頭に汗をかいてふうふういってついてくる。

「これこれ、急ぐじゃない。迷子になってしもたら大変だがねぇ」

八重さんの指を持って歩く。指は温かかった。商店街の人たちに八重さんは次々に声をかけながらのっし、のっしと歩く。

「あのねぇー、二丁目の佐久間だけんど、氷、いつものねぇ」

夕暮れ時の商店街は、活気に満ち溢れていた。灯がともると、あっちこっちで大きな呼び声がかかり、忙しそうに人々が集まる。竹田ではこんな大きな商店街がなかったので、見るもの見るものみんな珍しかった。

母は人と世間話をする人ではなかったから、生まれて初めて、主婦がお店の人と親しく話す場面も見た。会話をしながら買い物をするのは、野菜にもお肉にもうんと味がしみて、美味しいおかずができそうな気がする。八重さんの話し声にうきうきとしていた。

魚屋さんでどっかと腰を下ろすと、八重さんはおもむろにタバコを吸った。タバコの一本の細い白い煙は、あっという間にふあっとした大きな煙に変わる。懐かしい父の匂いがした。

「ドーナツ作って、ねぇー」

「できんがねぇ」

八重さんは愉快そうに笑った。

「えっ、この子、誰の子だい？」

魚屋さんが怪訝そうに覗き込んだ。

「親戚の子よぉー」

八重さんはどっしりと迷いなく答えていた。

買ってもらったソフトクリームを舐めていた。白いクリームはバニラの香りを放ちながら、私に安堵の時を知らせていた。

佐久間家が好きになった瞬間だった。その家が好きになるとは、きっとそこに住んでいる人が好きになったということだろう。

母が一足早く帰宅したので、夕食は佐久間家と私たち姉妹の五人で、白いテーブルクロスがかかった大きな食卓を囲むことになった。

けれど、「召し上がれ」と何度も声をかけてもらうのに、私の胃の門はきつく閉じ、どうしても口に入っていかなかった。隆夫さんも涼子も底なしの消化力を持っていて、サクサクと噛む音がリズミカルで気持ちがいい。見応えさえ感じる。美味しそうに食べる皆を横目に、私は白いご飯を一口、口に入れただけでフォークを置いた。

八重さんは台所と食堂を、ヒィッ、ヒィッと喉を鳴らしながらお盆を持って泳ぎ回っている。グラタンを運んだり、サラダを取り分けたり、「おかわり」と言われるとそれぞれに運んだりしている。食べられない私の前だけ、いっぱいお皿が並んでいた。なんだか逃げ出したい気になってくる。

「いっぱい食べないと、死んじゃうよ」

とおじ様が言った。できるだけ食べさせてあげようとしているつもりに違いないのに、おじ様の日焼けした顔が、私を威嚇しているとしか思えなかった。「放っておいてよ！」そう思った。

食事が一段落すると、八重さんは台所の床に新聞紙を敷き広げ、自分の食事をとり始めた。私に手でおいでおいでをし、新聞紙を指でトントン叩きながら、「はようおいで、はよ、座りぃー」と歌うように言う。

あれあれ！　一枚の大きなお皿に、真ん中のご飯を周りのおかずが取り囲んで、彩り豊かなかわいいお子様ランチが出来上がっていた。

食欲が目を覚まし、フォークを持つ私の手はきっと踊っていたのだろう、いつの間にか食べることに夢中になっていた。

「温っちゃん、黙って食べてちゃぁいかんにぃ。楽しい、楽しいって笑って食べると美味しいんだがねぇ」

フォークに付いた飯粒まで舐めていると、八重さんは自分のおかずまで私のお皿に入れてくれる。

「ねぇ温っちゃん、お口の中いい音してるね。……ね？　シャリ、シャリって」

八重さんは目を細めて、大きな体を弾ませていた。

食事が終わると、

「一緒に、お風呂入ろうねぇ。いい匂いのシャンプーでねぇ」

「うん」

私はお風呂で体も頭も洗ってもらい、ずっと味わっていなかった安らぎに包まれてとろけそうだった。

八重さんはくっついて離れない子供を嫌がるどころか、たいそう喜んで、息ができないくらいぎゅっと抱きしめてくれた。

「あんたの足は冷たいねぇ。もっとばあちゃんとこ寄りゃぁー。ほうー、そうかそうか、ばあちゃんとこへこいこい、おぅ、よしよし」

この夜、私は八重さんに抱かれて一枚の布団で、深く吸い込まれるように眠った。

次の朝、異様な物音に無理やり目が覚まされた。恐る恐る戸を開けてみると、おば様が妙な体操をしていた。シミーズ一枚になり、踊り場で頭をゴリゴリ左右に動かし、首をボキボキ回し、手はブンブン振り回し、細い足でガタガタ足踏みをしていた。骸骨の乱舞だ。人間の感じがしない。

私をちらっと見たが、子供なので安心して続けている。踊る時も恨みのこもった顔だ。硬い体をねじ曲げて、やっと終わった。どうも美容体操だったらしい。

私の目は吸い付けられ、口はあいたまま、生まれて初めて見る光景に呆気に取られていた。見てはいけないような秘密のものでも見た感じだった。

私に突然、「何なの!」と訳が分からない威嚇めいた言葉を振りかけて、フンと鼻を高く上げ、鋭い視線を投げ落とした。私はあまりの鋭さに、一瞬叩かれた猫のように目をつぶり、固まって動けなくなった。

「八重さん、ヤエサァーン、お水！」

「へぇへぇ」

八重さんは慣れているのか上手に受け流し、驚きもしなかった。

次は鏡の前でお化粧だ。まるで粉箱から出てきたかのように真っ白になっていた。

再び八重さんを大声で呼び戻すと、フンと金のネックレスを黙って渡し、細い皺の首を顎ごと突き出した。

八重さんは顔をしかめてホックの位置を確かめ、静かにホックを留め、「はい」と掛け声をかけた。すると、ようやく魔法が解けて人間に戻ったのか、「ありがとう」と低く偉そうに言った。

そして今度は、「涼子様ぁー」とソプラノの声で呼び、姉の髪を丁寧に梳き、頭の上に茶色のりぼんをのせた。二人のうっとりと満足そうな顔が鏡の中に映っていた。鏡の中は誰も入れないきらきらと輝く別世界が広がり、行き止まりの標識が出ているかのようだった。

八重さんの胸に甘えて体も心も伸び切っている私に、姉が顔面めがけて隆夫さんの野球ボールをいきなり投げつけてきた。

軟式の子供用ボールだったので死なないですんだのだが、顔がぐにゃっと潰れ、赤い血があたり一面に細かく飛び散った。

「いじめちゃいかんよぉー!」

それに気付いた八重さんがとっさに叫んだ。この八重さんのたった一言に、姉はそうっと逃げ出した。たった一言にだ。

しかし、私は鼻と口から血を流し、絶叫のような大声を上げていた。おば様はその声に驚いたのか血に戦いたのか、胸元で両手を開き、

「この子、怖い子ねぇ。わぁー汚い! ねえねえー、早くどうにかしてよぉ!」

とハイヒールの踵をトントンと床に叩き付け、早く掃除をしろとばかりに八重さんに当たり散らした。

八重さんは、

「立てるか? 立たなくちゃいかん。ほんにぃ、まあ、まあ……」

と嘆き、血まみれの私を抱きしめてくれたのだった。

私はしばらく立てなかった。耳がガアーンと鳴っていて体中に痛みが走り、目も開

けられなかった。

「よしよし、もう大丈夫だよぉー。あのおばさんのそば寄うとったらいかんよぉー」

八重さんの小さな声に、こくんと頷いた。

翌日になると痛みは熱を伴い、頭蓋骨がひびだらけになってしまった気がした。耳のそばで太鼓を叩かれているような音もする。顔面は腫れ上がり、口は閉まらずヨダレはダラーッと流れ、目は真っ赤で目の縁までも赤くなり、寝返りも打てず、顔の痛さは全身に響いていた。ただ唸り声を上げ、今度は泣くことさえもできなくなっていた。

八重さん一人だけが心配して、仕事の合間に駆けてきて私を抱きしめ、水を飲めと言い、そこらにあったありったけの薬を飲ませ、またありったけの軟膏を付けて、冷たいタオルで冷やしてくれた。

八重さんの愛情の軟膏薬は薄荷の匂いがプンプンし、飴を舐めた気になり、顔がヒリヒリし出した。口の中がジャリッとするので手を入れてみると、前歯が折れていた。折れた歯を八重さんに見せると、思わず私を抱きしめ、おろおろ泣き出した。

「痛かったよねえ、痛かったよねぇ……」

八重さんに頭も背中もなで回してもらい、足も手もさすってもらうと、痛みが少し遠くなっていく気がした。八重さんが泣いているので、私も泣いた。もらい泣きだ。二人は目を合わせ、額をくっつけて笑い出した。泣きべそかきながら笑う。

八重さんの大きな胸に、小さな体を丸くして上手に入り込み、温かな体温を貰った時、痛みや悲しみ、憎しみとは無縁の穏やかな微笑みがゆらゆら動く世界が広がった。

この時の、「怖い子」という印象は、いつまでもおば様の頭の中に残り、消えることはなかった。私を人に紹介する時は必ずといっていいくらい、「怖い子なのよ」と言った。この時の泣き声を一生引きずることになろうとは予想だにできなかった。「怖い子」と言われるたびに、私の体には電気が走り、驚愕し、怒りに震えた。心が海底に届くかと思われるほど深い傷になってしまったのだ。この言葉が理屈に合わず変だと感じているのに、感情だけが昂ぶり、分かってもらうように解説するなど、幼い私にとうていできるはずもない。だから感情まかせに大声を上げて泣くしかできなかったのだ。ただ理解してもらいたいという思いだけが、突き上げるように噴出してきていた。

母が竹田から迎えにきた時、夫人は母ににじり寄って、待ってましたとばかり冷たく口を開いた。

「ねぇー、奥さま、温っちゃんたら、わあーわあー大きな声を出して暴れますのよ。もう、わたくし、怖くて、怖くて、どうしようかと思いましてよ。あんなの初めて見ましたわよ。もう、たくさん！」

私がいったい何をしたというのか。

母は訳も分からず、ただ恐縮して、

「まあまあ、ご迷惑をおかけいたしまして、温子に十分分かるように話しておきますから、このたびだけは……どうぞお許しくださいませ」

面を伏せ、ただくしゃくしゃと謝っていた。まるで大根役者が台詞を言うように、気持ちがこもらずただお決まりの文句を棒読みで並べ、親なのになぜ私が暴れたのか、なぜ私の顔はお化けの顔になったのかと畳み込んで聞こうともしなかった。お化けの顔は何が起こったと思ったのであろうか。姉は姉で、自分が蒔いた種だというのにずっと素知らぬ顔で澄ましていたし、母が謝っている姿や私の顔を見て、自分が悪かったと名乗りをあげずにいられるのはどうしてだろう。

姉や夫人にはもちろんのこと、私は母の態度にも反感を持ち、できるものなら突っかかっていって当たり散らしたかった。これでは永遠に不正は暴かれない。

母は自分のプライドをズタズタにした私を憤懣やるかたない目で見つめ、憎しみに満ちた態度で接し始めた。私はこの母の目にすべてを悟らなくてはならなかったのだ。私はまたも声を上げて泣き出すことしかできないでいた。

帰りぎわ、八重さんが私の手に小さな物を握らせ、上から大きな手を乗せてチチンプイプイと私だけに聞こえるように囁いた。

手を開いてみると、朱色の袋のお守りがあった。

「忘れないように、ここへ入れとこねぇ」

八重さんは節を付けて歌いながら、私のポッケに入れてくれた。

電車の中でそうっとポッケを探ってみると、お守りはちゃあんといた。このことは誰も知らない。全身をほのかな温かい力がふぁーっと包み、これで大丈夫だと思ったとたん、涙がスーッと頬をつたって落ちてきて、袖で何度も拭いたのに、それでもスースーと落ちてきて、誰かに見られたらどうしようと心配していた。

「おばあちゃん、また、行くねぇ」

心の中でそっと言ってみた。


佐久間家からは涼子宛にいろいろな品物がよく届いた。父のいないかわいそうな未来の嫁を喜ばそうと思ったのであろうか。

初めのうちは喜んで箱を開けていたのが、次第に喜びもだんだん下火になり、そのうち箱を開けもしなくなった。玄関から庭まで放り出されたデパートの箱の山を、時折母が開いて考え込むようにため息をつく、「こんなにたくさん、どうしようかしら……」。贅沢な悩みの種になった。

そんないらない物でも、妹の私が触っただけで一悶着《ひともんちゃく》になる。私には、その箱が邪魔で、増えていくにしたがって、ひと目見ただけでも恐ろしい悶着の種に見え、ぞおーっとした。

姉が中学に入学する時、珍しいことに姉自ら箱を開けたら、玉手箱のように、紺のスカート、白いブラウス、ハンカチ、靴下、腕時計、革の学生カバンなどが細々と出てきて、小躍りして喜んでいた。そして母の前で着て見せ、母は目を細め手を小さく叩いて一緒に喜び合っていた。

遠くから眺めていた私は、中学生になった姉が一段と大きく立派に感じられた。肩まで伸ばした髪、はちきれそうな肩、丸みがかった頬、不思議な魅力がある。ねぇ、この人は私の本当のお姉さまなの？　光り輝く姉を、うやうやしく眺めていた。

私も小学二年生になった。たかが進級しただけで、自分が大きなお姉さんになったような気がして嬉しかった。山の項上にでも到達したかのような晴れ晴れとした気分だった。

算数に物差しを使うという。それまでは物を測るという概念がなかったから、一ミリ、一センチと聞いただけでも賢くなった気分だった。一番初めに誰が物差しを作ったのだろう。母が墨をすり、「二の五　江上温子」とするすると書いてくれた。あっという間に名前を書く母もすごい人だと感心してしまった。しかし、この自分の名前が書いてある大事な物差しを、姉は私を叩く道具に使ったのである。

姉が物差しを持って飛びかかってくると、まるで翼を広げた鳥のように見えて、小さな私は身動きひとつできずにうずくまった。姉が倍の大きさに膨れ上がり、弾みをつけて物差しと一体化して私に襲いかかる。恐怖のあまり竹の物差しが銀色に光る研ぎ澄まされた刃に見えてくる。大きな翼になった物差しはピュッ、ピュッと空気をかき回し、あっちこっちの物を壊しながら私のところに戻ってくる。どんなに泣き叫んでも容赦はしない。無言であった。

ほとんど毎日叩かれているのに、初めて叩かれたかと思いたくなる。それとは反対に、この呪われた時間が百年も続いているかのような錯覚に陥る。

打たれ終わると、人としてあらゆる感情が壊れ、虚ろになり、頭も心も空っぽになって放心する。まるで魂を抜かれたように。やがて、今の実体験は夢なのだと思いたくなる。この時が悲しくて、また涙が止まらない。

地獄の拷問は何の理由もなく、いつも姉の気紛れな思いつきでやってくるが、やめる時も理由が分からない。物差しを持ち、体ごと頭の上に落ちてきたかと思えば、次の瞬間、何ごともなかったかのように澄まして本を読んでいる。これでもか、これでもかと叩きのめすことがほとんどだったが、罵声はなく無言であった。やめた時には即座に淑女に変身するのだ。

母が帰宅すれば、私が暴れまくり物を壊したのをたしなめたかのような誇らしげな口ぶりであった。

「教えてあげたわ」

「しようがないから、私が怖いってとこ見せておいたわ」

「これ、みんな温っちゃんが壊したのよ。ねぇ、ちゃんと見てよ。ねぇ」

母は首を振り、舌を鳴らし、汚らわしいものを見る目を私に向ける。いつもだ。

反撃したいのに、頭と口がカタカタと空回りして、私は猿ぐつわをされたかのようにアワワ、アワワ、と口の中でもがいているだけだった。

私には、母が姉の言うことだけを鵜呑みにするのが腹立たしかったが、たとえ必死の抵抗を試みても、口でも体力でも中学生に太刀打ちできるはずもない。私はただ泣きわめき、疲れた母には何を訴えているのか耳を傾ける余裕すらなかったのだろう。むしろ、泣きわめく私がうっとうしかったに違いない。

そのうち、目の前をパッとかすめる光とか、パッと飛び立つハトなどに、振り上げられる物差しを連想するようになり、恐怖に襲われるようになった。授業中に物差しを見るのも嫌になった。

また、人と話すのも遊ぶのも嫌いになってきた。近所に同じ年の女の子がいなかったこともあるが、気持ちが萎縮して人と打ち解けることができなくなり、おどおどしてうまく話せなくなっていった。

家に姉の姿がない時はほっとしていた。ぼーっと家の中にうずくまり、まるで叩かれるのを待っているかのようにじっとしていた。下校したら必ず家にいるようにと姉が命令したからだ。姉の言うことには爪の垢ほども逆らえない。そんな重みがあった。叩きたい時に叩くものがないと、憎しみが増大して拷問はさらにエスカレートする。

姉はやりたいことをやりたい時にする。

怒られないように、怒らせないように、縮こまって、息を潜め、うわ目遣いで息を呑む。それでも阿《あ》鼻叫喚《びきょうかん》の絵図は常に繰り広げられた。

涼子の一挙手一投足が怖かった。

二年生の担任の女の先生も、言葉が乱暴で暴力的であった。「先生の悪口を言ったな！」、「こらぁ！　よそ見したな！」などと言って生徒を殴るので、私はそのたびに「あっ」「きゃあ」と、押し殺したような悲鳴を上げていた。自分が殴られているような錯覚に陥ったのだろう。教室中に響いたこの変な悲鳴は、一斉にみんなの視線を集めてしまった。

それ以外では全く目立つことはなく、先生は私の顔を見ただけでは名前すら出てこなかった。「はい、次の人」と呼んだ。何とも悲しい符号に思えた。怒られているような気にさえなる。

私は誰とも話さず、手も挙げず、ただ学校へ通っていた。逃げ道を知らなかったから、家でも学校でも暴力に総毛だち、いつもおどおどして生きていた。

私の泣き叫ぶ絶叫は、山に反響し、静まりかえる田畑、集落に響き渡っていた。風向きによっては大通りまでも聞こえると言われ出した。

「聞いたか？　あの声」

「うん、聞いた、聞いたぁ。あの声はただごとじゃあんめぇ」

「子供の声だっぺかぁ」

「子供？　……ふうーん、かわいそうになぁ」

人々は、叩かれているのが私で叩いているのが母だと結論付け、絶叫に耳を塞いで声がやむのをいつもじっと待ち、絶叫がない日には、ああーよかったと胸をなで下ろし、ふーっと息を吐いたそうである。

あの子はそんなに悪い子なのだろうか、いや、殴っている未亡人の母は、肉体を顧みられず、その苛立ちを幼い子供にぶつけて荒れ狂っているのだと、人々は面白おかしく噂をしていた。

そんな噂をされているなどとは夢にも思っていない私は、大人たちが訳の分からないことを聞いてくると思っていた。

「あんたのよ、お母ちゃん、何さ狂ってんだべなぁー」

「何、悪さしたの？　叩かないでって、口で言ってけろって、言ってみろぉ」

「あのよぉー、おめぇ、あのお母ちゃんの本当の子かよぉ？　ママハハかって聞いてんの！」

「おめぇ、家さ帰らなければいかっぺよ」

学校帰りに大人たちに囲まれて質問攻めに遭い、かわいそうにという目で見下ろされた。親切心半分、興味半分の言葉の意味が分からない私は、いつもとにかく黙って逃げた。一目散に家に走った。

特に、「本当の子か？」とよく聞かれた。

悲しいけれど、私こそ本当の子であろう。お七夜の時に父の書いた「命名温子」の紙を持っている。姉の涼子は、東京の家が空襲で焼けて写真すらない。

世間とほとんど没交渉でいた母は、噂が勝手に独り歩きしていることを知らなかった。話しかけることもできないようなお嬢様然とした人に、わざわざ忠告をしに行くような余計なことをする人はいなかったのだ。それに、噂をされる方は耐え難いほど口惜しい思いをし、自尊心を傷付けられるが、する方にとっては面白いものなのだ。表裏の関係だ。噂を知らなかったのは、殴っている姉と、姉を自慢に思っている母と私だけであった。

町中が相撲興行のチラシで埋め尽くされていた。稲刈りも終わり、気候もいいし、田舎町には絶好の行楽日和となっていた。

母が、何を思ったか、姉にさかんにお相撲を見てくるようにと勧めた。

姉は、「一人じゃやねぇ」などと言って乗り気ではなかったが、「温っちゃんを連れってあげて」という母のほわーんとした一言に、私は、「うん、行く、行く!」と迂闊にも喜び勇んで飛び付いてしまった。

お相撲さんってどんな人だろう？　本当に来るのかしら？　みんな太っているのかな？　土俵ってどうやって持ってくるんだろう？　……頭の中はお相撲のことしか考えてなかった。

興行があるというT市まではバスで一時間ほどだ。会場には大勢の人がワッと押し寄せ、身動きも取れない。長い行列が三列もできていて、お祭りとお正月がいっぺんに来たような賑わいだった。どこから湧き出したのだろうか、この人だかり。

長い竹を縛り繋いで井桁を作り、途中に板で椅子と足場を設けた即席の客席が作られていた。ギュー、ギュー、と不気味な音を鳴らしながら竹のはしごを上り、それでも何とか一番上の席に着くことができた。上から見ると円形の土俵が遠く小さく見える。

一番先に出てきたお相撲さんはあまり太っていなく、おかしな動きをする。初っ切りだ。思わず笑う、拍手する。息がぴったりだ。

次からは、真剣勝負になった。相撲は一番取り終えると、次までの時間が長い。土俵に上がって次々と相撲を取らなかった。

「温っちゃん、ちょっと行ってくるからね、ここで待っててね。見てていいよ。でも絶対動いちゃだめだよ」

取り組みが始まってすぐに、姉は優しくそう言い残して席を立って行った。

だんだん太ったお相撲さんが出てきて、勝負は白熱してくる。迫力が違う。

しかし、私はいつ姉が戻ってきてくれるかと不安で落ち着かなかった。大きな拍手喝采の中、キョロキョロとあたりを見回し、生きた心地がしなかった。呼び出しの声も、どの人が吉葉山なのか、鏡里なのか、もうどうでもよくなっていた。とにかく早く姉が戻ってきて欲しかった。

願い虚しく、全部の取り組みが終了してもまだ帰ってこなかった。

帰ろうとする客たちが一斉に立ち上がり、ぞろぞろ歩き始め、会場の様相が一変する。出口はパンクして人山ができている。それでも姉は戻ってこなかった。係の人がメガホンで何度も、「本日はありがとうございました。すべての取り組みはこれで終了しました」声をからして叫んでいる。

私はそれでもまだ座っていた。会場にはとうとう客が一人もいなくなってしまった。胸が膨れ上がり、「助けてぇ！」と悲鳴が出そうなのに、それでも黙って座り続けた。

大勢の人たちが、もくもくと威勢よく埃を上げ、バンバンと大きな音を立てながら椅子の板を外していく。「オウ」のかけ声を間《あい》の手に、重い板をひょいと次の人に投げ、ひょいと受け取る。早いピッチであっという間にむき出しの井桁だけになってしまった。一人でいるのが怖かった。どうしていいのか分からない。ここを離れたらもう姉を探せない気がした。確かに待っていろと言ったのになぁ。

「もう、終わったよう！」

私がいつまでも座っているので、係の人たちが困って、「早く！　下りて、下りて」と急き立てる。仕方がないのでようやく立ち上がって裸の井桁をこわごわ下り始めた。

外に出ると、マンガを読みながら、歌を口ずさみながら、お相撲さんたちも柳行《やなぎごう》李《り》を担いでトラックに乗って帰っていく。土俵の土が麻袋に手際よく詰められているのを遠くから見ながら、まだひたすら姉を待っていた。

「まだいたのぉ？　帰った方がいいよぉ、暗くなっちゃうよぉ」

そうか、暗くなるんだ……。ずきんと心臓に針が突き刺さる。言うに言われぬ負い目が生まれてきて、顔が下しか向かなくなってくる。興行の人たちが心配して次々に声をかけてきた。

「まだいたの？　お家どこ？」

「…………」

「誰と来たの？　一人で来たの？」

「…………」

「早く帰りなねぇ」

温かな視線を感じたのに私はただ黙ってうつむいているだけだった。本当は助けて欲しいのに、外に向かって声が出ていかなかった。

そうだ、バス停で姉が待っているかもしれない！　ふと、そう思った。

突然、わき目も振らずバス停めがけ突進した。人をかき分け、犬に追われている子供のように。きっと姉はそこにいると思いたかった。

しかし、バス停には人っ子一人、もちろん姉もいなかった。びっくりしたよりもがっかりした。やっぱり。

家へ帰るにはこのバス停を使うからと、今度はバス停でしゃがみ込んで待つことにした。ここへ来て私ははっと気が付いた。私はお金を一銭も持っていなかったのだ。

母は私の分も姉に渡し、連れていけと言ったのだから、私は無一文であった。姉もそれは承知のはずなのに……。

やがてバスが来て、数人の人が身が重そうに乗り込んでいった。バス発車のエンジン音に触発されて、私は思わずバスの影を追って走り始めた。自分でも予期せぬ行動だった。

一目散に走り、わぁーんと声が出て、涙がざあざあ流れ落ちてくる。息ができなくなるまで走った。もう走れない。唇がぶるぶる震え、しゃくり上げ、体全体が炎に包まれたように熱くなってきた。バスはもう影も形もなかった。

それでも、私はまだ迷っていた。姉の、「待っていなさい」と言った言葉が重くのしかかっていたのだ。このままふらふら歩いて帰ったら、ビンタの嵐が待っていることだろう。その恐ろしい掟を思い浮かべながら、まだ姉を探し、後ろを振り返り振り返り、キョロキョロ見回しながらとぼとぼと歩いた。

このあたりは何度もバスに乗って通ったことはあったが、歩いたことはもちろんなかったので、方向や道が合っているかどうか、それもよく分からなかった。

不安で胸がいっぱいだった。黒い影が暗さを吸って大きく膨れ上がる。膨れ上がった闇夜は黒いマントを広げながら早足で私に近付いてくる。この闇夜に頭からダイビングすると、もう後ろを振り返っても姉の顔は分からないような気がした。

今、何時かなぁ。ここはどこだろう……。

反対車線をバスが戻ってくる。ポツン、ポツン、と忘れた頃に街灯の明かりがある。この明かりに大きな蛾がバタバタと羽をばたつかせて集まってきて、下に茶色の粉を振りかける。私に激突する奴もいた。ただでさえビクついているので、蛾に体当たりされただけで気絶しそうだ。

どのくらい歩いたのだろうか、赤地に黒のウサギのマークの看板が見えてきた。これは見たことがある。道は間違っていない、ほっと息を吐いた。

足はまるでヒビが入ったかのようにジンジンし、一歩進むごとにヒビがどんどん深くなっていくようだった。だんだんと足が分銅をつけたように持ち上がらなくなる。もう歩けない。酷使した私の体は、限界などはもうとっくに越えて綿になっていた。綿は舞い上がらずに、疲れを吸ってべっとりと肩に重く貼り付いていた。気持ちだけはまだ矢のように突っ走る。不安に胸が押し潰されそうだ。時間だけが無情に刻まれていく。汗が体温を奪い、眠くなる。猛烈な睡魔と戦いながら、足を引きずって歩く。眠りながら歩く。つまずいて目が覚める。夢遊病のように。

バス停があった。「新郷」と書いてある。知ってる！　嬉しかった。けれどもう喜ぶ元気がないのと、姉の言葉を思い出して、殴られに家に帰るのかという思いが頭をかすめ、待合の椅子に座る力も残っていなかった。

きっと倒れて死ぬだろう。私は道にしゃがみ込んだ。

遠くから爆音がだんだん近付いてくる。怖かったがもう逃げる力も残っていない。疲れ過ぎた体はメリメリと音を立て、まとまった動きをしなくなっていたし、思考力はとっくの昔に死んでいた。

その爆音はスクーターだった。うずくまっている私の前で急ブレーキをかけ、滑るように止まった。恐怖の塊になっているのに動けない。ふと顔を上げて見ると、

「薬屋のおじさん！」

と思わず声が出た。

おじさんは、私の顔を怪訝そうに覗き込んだ。

「温っちゃんじゃないの？　そうでしょ。こんなところでどうしたの？　……うーん、そう、お相撲見に行ってお姉さんとはぐれたのか。おじさん送ってあげるよ。そ

うだな、前に乗りなよ。眠っちゃだめだよ」

かすかに頷くと、張りつめていたものが緩み、気が薄れてきて、立つこともスクーターに乗ることも辛かった。

家に着くと、母だけが飛び出してきて、おじさんに礼も言わず、夜遊びしている不良娘に言うような口ぶりで私を叱り飛ばし始めた。心配が怒りの感情に変わり、それを一気に吐き出したのだろう。

私には、殴られようが蹴られようが逃げる力もなく、煮られようが焼かれようが訳など話す力も残っていなかった。無事に帰ってきたのは私ではなく私の亡骸《なきがら》だったに違いない。

薬屋のおじさんが、しみじみと母に言ってくださった。

「オレなんか言うギリじゃないけどさぁ、こんな小さいのに夜歩いて、道、真っ暗だよ。目隠しされたみたいだよ、怖かったろうよ。ところで奥さん、アンタ、温っちゃん探してやったんかい？　ただ待ってただけだろう？　もう十一時回ってんだから……」

この先のことは覚えていない。私は酔っ払いのように玄関先で寝てしまったらしい。ああ、今十一時なのか……とうっすら耳に残っただけだ。

足が痛くて目が覚めると、日付が変わっていた。恐る恐る痛い足を見てみると、まるで紫色の靴下をはいたようにパンパンに腫れ上がっていた。爪は浮き上がり、黄色の水が染み出ている。足の裏を床につけると、飛び上がるほど痛かった。自然に、死んだようにまた眠り込んだ。

夕方になって、ぼんやり目が開いた。

「おねえちゃまなんか、三時には家に着いたのに、ほんと、おバカさんねぇ、迷子になっちゃって」

ぬけぬけと無責任なことを言う母に、目はすっかり覚め、カァーッと頭に血が昇り、行き場のない怒りがもうもうと炎を出した。

三時？　では二時にバスに乗ったというのか。私がお金を持っていないと知っていただろう。姉を探し抜いて、白い目で見られながら待っていた。さらに知らない夜道を歩いて帰ってきた。姉は私を置き去りにし、悪びれずバスに乗って帰ってきたというのか。さらに私が迷子になったと嘘をついた。許せない！

母も母だ。所持金のない子供が帰ってこないのを捜しにも行かず、なぜ黙ってじっとしていられたのだろう。母親の資格がない！　なぜ娘が迷子になったと大騒ぎしないのか。なぜ交番に駆け込まないでいられるのか。これが昔のお嬢さん？　笑わせるな。お嬢さんだろうが何だろうが、人の親なのだ。動物の親でさえ襲ってくる敵から我が子を守ろうと身構え、体を張って戦う。囮《おとり》にさえなる。親なら髪を振り乱して走り回り、子供を捜し求めるのは当然であろう。その様子を見て、子供は温かい母の愛を感じて、痛い足も口惜しさもみんな消し飛ぶであろう。そして真実などはどうでもよくなり、優しい母の味だけが心に残るものなのだ。

しかし、昨夜薬屋のおじさんが母に説教してくれたなとピーンときた。私をいつになく優しく大事にしてくれ、特に私を見る目が優しかったからだ。

母は私にも怒らなかったが、姉にも怒らなかった。姉の行ないは自然に許され、真実など闇の中に葬り去られた。

私はその日ずっと横になっていたのに、まだ歩けなかった。布団の中でごろごろしていると、姉が突然顔の上から指を差し、

「人殺し！」

と私の目の前でその指をぐるぐると回した。これほど不可解で刺激的な言葉はない

かもしれない。

私は訳も分からずに言い返した。

「おねえちゃまこそ人殺し！」

「こらこら、人殺しさん、さあ、起きて！」

薄気味悪く、思わせぶりに、ふふっと笑ってみせる。

気が付くと、母がわなわなと震えながら平伏して泣いていた。あまりにも悲しそうで近付けない、どうしたの？　とも聞けそうにもない状態だった。

「温っちゃん乗せた帰りに、おじさんが死んじゃったんだってよ」

姉は人ごとのように軽く言った。

「ええっ！」

頭の中が真っ白になり、血の気が引き、一瞬にして心が燃えカスになって放心した。

人を殺してしまった……私が！　間違いでしょ、そんなこと。

いつ犯したのか覚えがないが、確かに犯したに違いない犯罪。どうしよう、どうしたらいいのか、誰に謝ればいいのか、許してもらえるのか。走り出したいような、地の底に埋めてもらいたいような、ただ混乱して泣いている私に、もう一度静かに決めつけた。

「人殺しの親不孝さん」

新聞には、「夫人の病気入院見舞いの帰り道、止めてある乗用車に激突。脳挫傷で死亡」と書いてあった。

薬屋のおばさんは、自分が病気になどならなければと嘆き悲しみ、車の持ち主も、なんであんなところに止めたのだろうと後悔し、私も、姉の横に座るのも嫌なのに、なぜ二人だけで相撲など見に出かけたのだろうと自分を責め、まさに木が枝も葉もむしられた状態だった。

おばさんはただ泣きくれる私に、かえって恐縮して、

「違うよ、違うよ、温っちゃん。だあれも殺してなんかないよ。本当だよ。おじさんの運命だから、忘れるんだよ、忘れていいよ。おじさんは、あの時温っちゃんに会えてよかったたって、喜んでるよ、きっと」

と言葉をかけてくれた。

罪の意識は後悔に責め立てられいつまでも私に付きまとって離れなくなった。それ

はどうしようもないほど執念深い絶望になり、「人殺し」という言葉はどんなに重い重しを付けて心の底に沈めても、簡単に浮き上がってきた。きっと、決して一生忘れることはできないだろう。

事件の発端を作った姉は、涼しい顔をして泣きもせず、「人殺し」の汚名を全部私に押し付けて、堂々と大手を振って歩いていた。うまく網をすり抜け、すべて許され咎められない。反省せず、胸を張る者には勝てないのだろうか。

休みが来て、また東京へ行く日がやってきた。電車も好き、活気溢れる町も好き、でももっと楽しみにしてたのは、八重さんに会えることだった。おばあちゃん何してるかなぁ……と考えるだけで、心がバラ色になった。

佐久間家に着いたとたん、私は全身で八重さんを探していた。母も不思議に思ったのか、「八重さんは?」とおば様に尋ねた。私は神経をピイーンと張りめぐらし、聞き耳を立てた。

「あっ、そうそう、あの方、亡くなられたんですよ。まさか亡くなるなんて思いませんでしょ。私って、前の日にお箱いっぱいにお菓子詰めて、渡しちゃいましたのよ。

そうしましたら、ねぇー奥様、一晩のうちに、それもいっぺんに、食べちゃったらしいんですのよ。オホホッホホッ」

不気味に笑う。母もだ。

私は胸がちぎれるほど悲しいのに、どうして平然と笑っていられるのだろうか。まるで金魚か昆虫でも死んだみたいに言う。ちょっと蟻を踏んでしまったというような感じだ。

「私どもは毎日八重さんのバッタバッタというスリッパの音で目が覚めておりましたのよ。でも、いつまでも音がしませんのよ。起きて時計を見て、ええっもうこんな時間！　って驚いてしまいまして……。でも私、待っておりましたのよ、じっとして。オホホッ、でも待っても待っても、起きてきませんでしょ。しょうがないから、私が見に行きましたら、もう、びっくり……もう驚いたのなんのって、奥様。オホホッホッホッ、死んで動きませんのよ。早速、お身内にお電話しましたのに、お骨取りに来ませんのよぉ……」

二人とも悲しそうでなかった。姉は無表情でリンゴを食べていた。

私は目の前が真っ暗になり、涙がとめどもなく溢れ、声を出さずに泣いていた。耳に残った「亡くなった」という衝撃音に、金縛りにあったように動けなかった。泣いていたのは、私だけだった。

「あの方ねぇ、太っていると思ってましたけど、腹巻巻いておりましたのよ、アハハハッ。その中に二十万円も入れて歩いておりましたの、ねぇー。……そこで今度長野の子を使うことにしましたのよ。この子がまたよく気が付いて助かっておりますのよ。里子さんっていいますの。でも今度は若い子なんですのよ。オホホホホッ」

笑い声が嫌だった。

「里子さぁーん、早く出てきてご挨拶なさーい」

おば様が突然大きな声を上げると、里子さんはおずおずと夫人と母の顔を窺って、遠くの方から丁寧に頭を下げた。ちょうど姉と同い年くらいのおねえさんのようにも見え、大きな白いエプロンをかけ、手が真っ赤に腫れている人だった。

「里子さんですか？　江上です。こちらが涼子で、この子が温子と申します。どうぞよろしくね」

母は珍しくおおらかに自分から話しかけた。里子さんは、はにかんだようにうなずいた。

「おいくつですか?」

「十六になりました」

「長野からいつ、いらっしゃいましたの?」

「この三月です」

ようやく里子さんも警戒心を解いたのか、すらすらと温かい丸い声で話し始めた。

「長野はまだ雪が降っておりました……」

おば様が突然とんがったヒステリックな声を上げた。

「ケーキがあったでしょ、お茶もお持ちして!」

母と二人だけで話しているのが気に入らなかったのだろうか。ちょっとのことで雲行きが怪しくなるおば様に、里子さんは慌てて、「あっ、はい。すみませんでした」と謝った。よほどおば様が恐いのだろうか、里子さんはおば様の高飛車な命令に、いちいち飛び上がって応えていた。恐いのは私も同じだ。

里子さんは言われたとおりにお茶とケーキを持ってくると、すぐに引っ込んでしまった。

「里子さぁーん、これ、見てごらんなさい! 形がまちまちじゃないの。大きさが違っているって言ってるのよッ」

おば様はすぐに呼び戻し、これ見よがしに偉そうに言う。

「あっ、はい」

「あーあ、これなんか切りそこなってッ。お茶も真っ黒よ、こんなの苦くて飲めやしないわよッ」

「あっ、はい」

「はい、じゃないわよッ、もう！」

少しのミスも許さず、心の底から意地悪な口調で難癖を付ける。見かねて母が手伝おうとした時はほっとしたが、これがまたおば様の怒りに火をつけることになった。

「奥様、すみませんけど、お手伝いの躾をしておりますのでお手をお出しにならないでくださいませ。今、お茶を入れ直させますので。……涼子様、召し上がってますか？」

姉の地位はすっかり出来上がっていて、おば様のヒステリーぐらいではグラッとも揺るがない。母の執り成しにもおば様の曲がったヘソはなかなかまっすぐにはならず、私は喧嘩腰の嫌味に脅《おび》え出した。

ケーキも紅茶もいらない。嫌な雰囲気に負けて、私はバネじかけのおもちゃのように飛び上がって椅子を下り、部屋を抜け出した。けれど、抜け出しても行くあてもない。黙って座っていればよかった。仕方なくトイレに逃げ込んだだけだった。

どうしよう、何の用があってトイレなどに逃げ込んだのだろう。「あっ」と思った時は、もう遅かった。困ったことにスリッパをトイレのかめに奥深く落としてしまったのだ。下を覗いてみると、スリッパがひっくり返って手の届かない遠くにいた。どうしよう、拾えない。全身が凍り付いた。鍵をかけてこのまま閉じこもりたいような、逃げ出したいような、狼狽していた。善後策を講じるのは早い方がいい。そんなことは分かっていた。そう思えば思うほど、助けを求めたいような、黙っていたいような。気付かれたらどうしよう。心が急いた。

ここ佐久間家は涼子の領分のような気がしていたので、私の失敗はただではすまされない死刑を意味するもののように感じていた。

おば様のあの声で叱られるのだろうか、いや姉に殴り殺されるんだ、きっと。

もう、怖くて怖くて、階段下の細い隙間に入り込み、足をたたんで胸に押し付け頭をうずめ、小さくなって震えていた。キャラメルみたいに溶けてなくなりたかった。

そして甘い香りがごめんなさいの合図だ。

どのくらい震えていたのだろうか、私の目の前に運動靴の足が止まった。人の影だ、とっさに「叩かれる!」と思った。もっと丸くなって目をつぶり、毛穴を塞ぎ亀になって叩かれる準備をした。

「どうしたの? ……温子ちゃんでしょ」

「……」

目尻の下がった丸い顔が覗き込んだ。もう誰だか分かっていた。里子さんだった。私は引きつった顔をして、瞼を半分だけ開けて声にならない返事をした。

よく目を開けて見てみると、ぱあーっと明るい灯が灯ったようなまぶしい笑顔が目に飛び込んできた。先ほど見た里子さんよりもずっと大きな里子さんに見えた。

叩かれなかった。当然だ。

この当たり前のことが、その時の私にはどれだけありがたかったことか。私はすっかり元の柔らかな体に戻った。脳が無防備になってよいと命令を下したのだ。気が緩み、ほっと安心し、助けて欲しいという思いが突き上げるように湧いてきた。しかしこの里子さんに頼るのはあまりにも弱く気の毒だとは分かっているのに、私の口からはぽろっと、苦渋の白状めいた涙声が出た。

「……あのね……トイレに……スリッパね……落としちゃったの……」

ふんふんと頷き、腹案でもあるというのか慰めるような笑顔を見せて落ち着き払っていた。

「なあーんだ。そんなこと、みんなよ。隆夫ちゃんも、私もよ。みーんな落としたんだから」

あんなに心配し狼狽してたのに、意外と簡単な答えが返ってきて拍子抜けした。一瞬にして泣いていた自分を忘れてしまった。

この人とも、八重さんとのように、心の痛みや悲しみも心の奥底まで分かち合えるようで、なぜかほっとし、嬉しかった。嬉しいのに私の目に涙が溜まって、一滴ずつスウーッ、スウーッ、と頰に流れ落ち、やっとのことで里子さんを見ると、里子さんの目にもクリスタルのように光るものがあった。二人とも、おば様の冷たさと怖さを十分知っていた。

里子さんは八重さんのように、台所に新聞紙を敷いて食事はしなかった。ちゃんと自分の部屋に運び、ゆっくり食べることにしていた。そのことが、私にはとても嬉しかった。私は何のためらいもなく茶碗を持って里子さんのところに行き、また里子さんも何のためらいもなく私を迎え入れてくれた。自然に顔がほころんでくる。不思議と私は何の遠慮もしなかった。

里子さんは魚のフライの骨をはずし、ご飯の真ん中に穴を掘って入れてくれた。おかずをお箸で小さく切って、「さあ、どうぞ」と言い、私のスープをふうふうと吹いて冷ましてくれ、「熱いからゆっくり飲むのよ」と言った。

里子さんが嬉々として急にお母さんに変身していた。いつの間にやら私を、「温っちゃん」って呼んでくれていた。

「温っちゃん、これお醤油にする？　おソースにする？」

一人で喋り、一人でお醤油をかけた。私はお醤油だろうがソースだろうがどうでもよかった。この時、この里子さんといるだけで十分だった。穏やかな時間だけで、他には何もいらなかった。体中が「嬉しいよ」とケラケラ笑って浮き上がる感じがした。

誰からも愛されない私が、ここ佐久間家の二人のお手伝いさんにこの上もなくかわいがられることが不思議だった。

「ここで、寝ていいの？」

「いいよぉ、お布団たくさんあるから」

二枚の布団を並べて敷くと、笑いがこぼれて自然に肩を寄せて抱き合った。里子さんは古里が懐かしくなったのか、子供の私相手にポツポツと話し始めた。

「冬はねぇ、夜、お母ちゃんが洗濯して冷たくなって布団に入ってくるんだ。手も足もガチガチに冷えてさぁ。だから温めてやろうと思って、お母ちゃんにしがみ付いてやるんだ。お母ちゃんは、さあちゃん温かいねぇ、ありがとねぇ、ありがとねぇ、って言って、悪がって離れようとするんだよ。……お母ちゃん、どうしてるかなあ。……ところで、温っちゃん、納豆食べれる？」

「うん、大好きだよ」

「そう、私も大好きなんだ。でもこの家の奥様は嫌いで食べれないんだ。……麦わらにお豆を入れて蓋をして、お兄ちゃんが庭に穴掘って埋めておくと出来上がり」

里子さんは手を使ってわらに豆を入れる格好をしてみせた。

「えぇ？　そうなの、土に入れるだけなの？」

「そう。でもできないのもあるんだよ。粘らないの。それは、お母ちゃんが朝お味噌汁に入れて、それを食べて学校に行くんだ、お兄ちゃんと二人で。その時はもう、お母ちゃんは畑に行っちゃってるから、お湯に卵を割って入れて、卵と佃煮とでお弁当ふたぁつ作って。……佃煮？　それは作らないよ。お母ちゃんが缶かんで買って置いといてくれるんだ」

「お弁当、自分で作れるの？　お兄ちゃんのも？」

「作れるよ。だって、毎日同じだもの。お兄ちゃんのも一緒。鶏小屋から、お兄ちゃんが卵集めてきて、まだ温かいのもあるんだから。私がお湯に入れるだけだもの、簡単よ」

「そう、鶏もいるの」

「いっぱいいるよ。広い庫に押し込めておくんだよ。だって冬は雪が降るしね。鶏は餌がいっぱいないと、弱ってる奴をみんなでつついて殺しちゃうんだよ。バカな鳥なのよね、仲間なのに分からないんだから」

「バカな鳥」という言葉に、私ははっとした。そうか、姉の涼子はお腹が空いた鶏で、私が弱った鶏なのか。当たっているかもしれない。

里子さんの、「お母ちゃん」、「お兄ちゃん」という、なんともいえない好きで好きでたまらない言い方が、会ったこともない人なのに目の前に笑って現れてきた。きっと里子さんが今日私にしてくれたように、ふうふう吹いて「熱いよ」と優しく声をかけてくれるお母さんの姿があるのだろう。でも、里子さんの「お母ちゃん」という言い方は、私にはできそうにもなかった。ましてやどんなにきつく目を閉じても、優しい母や姉の姿は現れてこなかった。

一度でいい、たった一度でいい、たとえガサガサの手でもいい、熱くぎゅっと抱きしめ、温子は大切な子だと言って欲しい。それだけでいい。

私は里子さんが羨ましかった。

ふたりはいつの間にか眠っていた。誰も私を探しには来なかった。

朝、目が覚めると、日曜日なのにもう里子さんは起きていた。大きいまん丸のおにぎりが三つ固く握ってあった。

「鯉の餌よ」

「三匹いるの？」

「違うよ、ちぎって池に投げるのよ。いっぱいバチャバチャ出てきて面白いよ。行ってみようよ」

「ふーん」

鯉の池？　いったいどこにあるのだろう。

ふと考えてみると、この大きな家はどんな形をしているのだろうか。小さい頃に住んでいた竹田の家にそっくりなこの家。いや、もっと大きいこの家を歩き回って見てみたいという興味を持っていた。

夜になると、あっという間にみんな二階に上がる。私は玄関、台所、応接間など、里子さんがいるところしか歩いていなかったのだ。夜は玄関横のお手伝いさんの部屋で寝る。涼子がどこで眠っているのかさえ知らない。たとえ興味があっても、一人で二階に上がって行って、部屋を覗いて歩き見つかり、おば様や姉に嚙み付かれたらどうしようと思い、怖くてできないでいた。じいっと好奇心を抑えていただけだ。

履きなれない大きなサンダルを履き、里子さんのあとをバタバタと音を立てながらついていった。里子さんが、飛び石が踏めるかどうか心配して何度も振り向く。

「温っちゃん、滑るよ！」

朝の風はひんやりと冷たく、都会の朝は明けるのが遅い。牛乳瓶のゴチン、カタカタと触れ合う音、新聞をゴシゴシ扱《しご》く音などが、まだ明けきっていない朝の空気に溶け込んでいく。

飛び石を渡り、苔の生えたぬかるみに出ると、ようやく池が見えてきた。真っ青な蛙がピョン、ピョーン、とまちまちの高さに飛び跳ねる。池は丸い形をして、ごつごつとした石で囲まれ、水はサファイヤのきらめきを放ちながら満々と今にも溢れ出すかのように湛《たた》えられ、ホテイアオイの葉っぱには銀色の露が舞い降りていた。

鯉は近寄っただけで、精一杯大きな口を開けて迫力をもって迫ってくる。白に金、黄、赤に白黒のブチ、黒、赤。どれも黒い目を持ち、口を開ける以外に表情はない。バシャーン、バシャーンと水に跳ねる。豪快だ。丸々と太っている。

「温っちゃん、あっちこっちにご飯投げないと、同じ子が食べるから」

本当だ。どの鯉が食べたかさっぱり分かりゃしない。

「そうそう、遠くに投げるのよ」

「いい気持ちねぇ」

「そうでしょ、面白いでしょ」

私はご飯を投げるのに夢中になっていた。

私は、「あーっ!」と悲鳴を上げたのだろうか。「助けて!」と叫んだのだろうか。一瞬の出来事に、全く覚えがない。私は池の中に落ちていたのだ。

鯉がバシャバシャと逃げ惑う。水を吸った服を着ている私が、思いっ切り里子さんにしがみ付くので、里子さんまで滑って立てなくなる。

キャー、キャー、と里子さんが危機迫る声を出す。

「助けてぇー」

這い上がって声を出し、また滑って沈む。

「早く、助けてぇー」

私が重く膨れて持ち上がらない。

「温っちゃん、頭を上げなさいッ!」

鯉と一緒に、二人でもがいている。

「温っちゃん、石につかまりィ!」

里子さんの悲鳴とともに、私は池の石につかまることができた。私の胸までの深さの四畳半ほどの池で、二人で滑って、溺れていた。

里子さんは、はあーはあー肩で息をして、手を石につき、立てないくらい憔悴して声までからしていた。体を張って助けてくれたのだ。

池の水は苔が剝がれ落ちて青黒い水になり、非常事態に驚いた鯉はグルグル回って異様な動きをとっていた。ちぎれたホテイアオイの葉も、いやいやをしながら水の動きに合わせていた。

里子さんが息を吐くように、

「涼子さん……」

と言った。今度は息を吸ってから再び、

「涼子さんだぁ！」

と叫んだ。

私は水の恐怖に放心し、泣く声さえ出せず、里子さんの怒った様子に反して何だか訳が分からないでいた。

里子さんが私の背中をポンポンと叩いて、「水吐いて、吐いてみて」と言うが、水は出てこない。目は棘《とげ》が刺さったかのように痛い。二人とも寒くてガタガタ震え、歯の根が合わない。池をかき回したので、あたりは生臭いどぶの臭いがする。

騒ぎを聞きつけて、おじ様が眠そうにのろのろとやってきた。おば様も後ろからぼーっとついてきて、欠伸を嚙み殺した。

「池に落ちたの？　危ないなあー」

「涼子さんが……涼子さんが突き落としたんです。温っちゃんの背中を押しました」

里子さんが差し迫って訴えているのに、二人とも無言だった。夜の遅いおじ様は、家では考えることはおば様に預けっぱなしなのだ。

おば様は肩をすくめ、トロンとした目をしながらも、朝早くから起こされた不快さを隠し切れない様子で憮然としていた。

里子さんは、「涼子さんがやった」と繰り返したが、この夫婦にことの次第を吞み込ませるにはあまりに非力であった。諦め顔でもうこれ以上進言しなかった。それに、涼子の姿などもうとっくの昔に消えていた。

「涼子様とおっしゃい！」

おば様がおもむろにプッと一言だけ言い残し、踵《きびす》を返した。こんなことで起こされたという憎しみが、手に取るように伝わってきた。冷たい視線が池の水よりも身に沁みた。

私たちは呆気にとられて、寒さにガタガタ震えているだけだった。

人間は、いや大人は自分が決めた大切な一人息子の未来の嫁が悪さをしたと教えられ言語道断の現場を見せつけられても、それでもまだ庇い、肩をもつことができるのであろうか。

自分の目に曇りがないと胸を張ることができるのであろうか。

池の水をかぶり青藻だらけの二人の姿は何があったと思ったのだろうか。

嘘でもついていると思ったのか。里子さんが嘘をついても何の得もないであろう。突っ込んで真実を確かめようともしない。それとも嫁にならない私が被害者なら見過ごすというのか。

なぜ、妹を池に突き落とすような非情で幼稚な奴を「涼子様」などと呼ばなくてはならないのだろうか。横暴な命令だ。

里子さんは大根一本買うにもあっちこっちの店を飛び回り、大きくて安い店を選んでいた。また掃除の達人でもあった。廊下などはぬか雑巾で磨き上げて人の影姿が映っていて、窓ガラスは音が出そうにピカピカに光り輝き、電気の笠も、椅子の足までも毎日拭いていた。夜、布団に入るまで休むことをしなかった。

よく敷き布団の上で、二人ではしゃぎながらゲームをした。トランプ、おはじき、時には隆夫さんのメンコまで借りてきて遊んだ。私も少しずつ大きくなり、里子さんの相手ができるようになってきていた。

私は世界中、草の根分けて捜してみても、私が姉と呼べる人はこの里子さんしかいない。そう思う。

よく、ひそひそ話もしていた。

里子さんの仕事がすんだ夜、玄関横の台所の戸しか見えない窓一つのお手伝い部屋、しかもこの大きなお屋敷の片隅にある部屋で、二人で肩を寄せ合って小声で喋りまくる。誰も私たちのことは気にもかけていないと十分承知しているのに小声だった。それほど、二人ともおば様と姉の涼子を恐れていたのだ。

ひそひそ話は、一度口からこぼれ出すと、もう止まらない。

「涼子……涼子って怖い人だよねぇ」

里子さんが胸につかえていた物を吐き出すように言った。この一言が姉のすべてを語っていた。

この姉は、たとえどんな豊かな表現力をもって話したとしても説明し難い人である。現場を見ている母やおば様でさえ分からない。それどころか味方に付けてしまうほどの腕前があった。

この不可解な我が実姉を、里子さんは絶対分かる人なのだ。

私も愚痴がこぼれ出る。二人だけの時は「涼子様」とか「おねえちゃやま」などとは言わない。「あの女」「涼子」だった。

「あのおば様も怖いよねぇ」

「あの人も悪党だよね。苦手だね。ケチじゃないとこはいいけどね」

「ほんと、ケチじゃないね、涼子よりいいね。でも顔が怖いかな。あの女が一番悪党だ」

「好きになれないねぇ」

そんな話ばかりじゃない。誰も認めてくれない自慢話とか、テレビの話、笑える失敗談なども安心して喋りまくった。学校でも家でも黙っている私と、普段「はい」とか「すみませんでした」しか喋っていない里子さんは、寸暇を惜しんで思っていることをシャワーのように吐き出したのであろう。至福の時であった。

「この子、怖いのよぉー。池の水も飲んだのよぉー」

夫人の挨拶代わりの言葉に愕然となる。何度聞いても体に楔《くさび》を打ち込まれるような感じがする。怒りが噴き上がる。できることならおば様を握り潰してやりたかった。

私の目には憤怒と怨嗟《えんさ》が黒々と燃え、鈍い光を放つ。

「あら、いやだ、睨みつけてる」

「涼子が押したんだろう」

隆夫さんだった。思わぬことを言うので、かえって驚いた。

このところ隆夫さんは、母親を涼子に奪われたような気持ちになってひがんでいた。異常ともいえる涼子ブームにもついていけなかったのだろう。

ある日、里子さんが涼子の部屋を掃除すると言うので、私も後にくっついていって部屋を覗いた。この時、私が初めて二階に上がった日だ。

そこで、マリー・アントワネットでも寝るようなピンクのレースで覆われたベッドを見た。息を呑んだ。

こんなベッドで寝ていたのか。知らなかった……。

なんだか私は、姉をとても越えられないハードルのように感じてしまい、その威圧感が脅威に変わった。

私は自分でも不思議に思っていることは、物欲がなかったことだった。父の健在だったのは私の小さい時だけだったので、華やかな時をあまり味わってなかったし知らなかった。なにせ田舎の子だったので、あまり上等の物を持った子も少なく、ひがみの感情さえ持ち上がらなかったのだろう。また、人の持ち物など気に留める能力がなかったかもしれない。

おば様は二人の娘を預かっている意識はなく、涼子ばかり気にかけ、高級品を過剰に与え広げ、「ねぇ、いいでしょう！」と同意を求めた。私は他人事《ひとごと》のように眺め、自分に当てはめて考えたことがなかったのだ。

この鈍感さを我れながら神に感謝する。

姉は、与えられた身に余る品々を、いらなくなっても使わなくなっても、私にお下がりとして与えようとは決してしなかった。箱にしまい込み、私が手を触れることさえ拒んだのだ。もっとも、人形にこっそり触れたことも、本をそうっと読んで返しておいたこともあったが。

隆夫さんの方が優しかった。「温っちゃん、自転車乗ってみる？」と、新しい自転車を惜しげもなく自分から貸してくれ、さらに倒れないように後ろを持っていてくれた。転んで、「ごめんねぇ、ハンドル曲がっちゃった」と言おうものなら、股に前輪を挟んで油だらけになって直してくれ、もう一度乗りなよと言ってくれた。私がようやく自転車に乗れるようになったのは東京の混雑した道であった。「温っちゃん乗れる、乗れる！」と一番先にバンザイして喜んでくれたのも隆夫さんだった。明智小五郎シリーズの本も貸してくれ、「次はこれだよ」などと進んで持ってきてくれた。

この鈍感娘の私が、涼子のベッドに驚いたのだ。このベッドで、姉が中三になる春休み、突然腹痛に襲われた。

はじめみぞおちが痛いと言い出し、いったん治り、やっぱり痛いかなと言い大騒ぎになった。次にお腹が痛いと冷や汗をかき始め、激痛になっていった。やがてガボーと吐き出した。その汚物を私が片づけた。身に棘さるような悪臭だった。おば様は気が動転してどうしていいか分からず、棘のある声を張り上げておろおろしていた。病院に電話をしているのか「んもう、話中だわ」と言って歯ぎしりし、怒りながら受話器を握っている。イライラ歩き回ってお茶のポットをひっくり返して壊し、里子さんに八つ当たりした。

「こんなところに置いておくからよッ」

「すみませんでした」

里子さんが口癖を言ったとたん、

「あなたが謝ってどうするのッ、あなたに何ができるのよッ」

私を一瞥すると、

「役立たず！」

と低く怒鳴った。

里子さんも私も、おば様が一歩動き、一言喋るたびに、必要もないのにビクッと胸を打ち、上目遣いになっていた。二人とも完全に叱られている気になっていて、棒立ちで握り合った手と手には生ぬるい汗が流れ、まるで泣いたかのようにじっとりと濡れていた。

「仮病だ！　そんなの仮病に決まってる！」

緊張を破り、隆夫さんがいきなり叫んだ。

だが、姉は盲腸炎だった。

すぐに手術になり、その夜はおじ様もおば様も戻ってこなかった。

もうすぐ新学期が始まるというので、姉を東京に残し、私は迎えに来た母と一足先に竹田へ戻ることになった。考えてみても弾むような嬉しさが込み上げてくる。母を独占し、姉の姿を見ないですむ嬉しさに、体が伸び、ぽあーっと浮いているような気がしていた。

しかし、そんな嬉しさはあっという間に過ぎた。あまりにも早すぎて、甘え足りないどころか、甘えるのを忘れた気さえしていた。

全快した姉が戻ってくるという日、母が湯船の水漏れに気付いた。お風呂屋さんが来た時、一人で留守番をしていて、その鮮やかな手さばきに見とれていた。トン、トン、トン。弾む調子のいい音だ。新しい木の香りが漂う。丸く削った木同士がうまく合体して見事にピタリと離れない。

「できたよう！　入ってごらんなさい。お湯は入ってなくても一番風呂、ワハハハッハッハハー」

お風呂屋さんは笑顔と木の香りを残して帰っていった。

私は言われたとおり、湯船の中にぼんやりとしゃがみ込んでいた。どのくらいぼんやりしていたのだろうか、身がヒャーッとした瞬間、首筋を摑まれ髪の毛を引っ張られ湯船から引きずり出された。誰もいないと思っていた、いないはずであった。玄関を静かに開け、足音も立てず抜き足差し足で忍び寄ったのであろうか。

この痛みと同時に、涼子が戻ってきたと悟った。

髪の毛を持って引きずり回し、体ごと持ち上げ床に叩き落とす。私は悲鳴を上げ、絶叫に続く絶叫を上げ、助けを求める。ところかまわず殴り、蹴り、踏みつけ、往復ビンタを張る。また絶叫。

次の瞬間、今まで味わったことのない焼けるような痛みが左腕に走った。姉はお風呂屋さんが忘れていった錐《きり》で左腕を突き刺し切り裂いたのである。血が飛び散り、右手で押さえて逃れようと転がり回る。押し寄せる痛みの波。それでもまだ、殴る、蹴る、叩く。鼻からも口からも腕からも血が溢れ出て、血みどろ状態であった。手術のあとだというのに、なぜこんなに力があり余っているのだろうか。

姉は呼吸も乱さず、罵声もなく、

「なぜ、お風呂に入っていたの？」

と静かにゆっくりと言った。意識はずっとなくならなかったが、恐怖のあまりいつ終わったかも覚えていない。

まさしく意味不明の拷問だ。

ふと見ると、錐を払いのけようとしたのか、左手の親指の先がぱっくりと裂けていた。心臓の鼓動に合わせて、指先から血がドッ、ドッと流れ出す。

泣き声すら出ない。今何時かも分からない。立っても座っても、足を動かしただけでも体全体に痛みが走る。私は血が付いたままの服で這っていき、布団に潜り込んだ。少し眠る、すぐに痛みで目が覚める。痛い、痛い。怖くて右手が離せなかった。

母が勤めから帰ってきたのはいつだったのか、夕食に呼ばれた時、「いらない」と言おうとしたが、口がぱくぱく空気を噛むだけで声にならなかった。何回呼ばれたかは全く覚えがない。その一回だけを覚えているのは、母が私の潜っている布団まで来たからである。

翌朝、目が覚めた時も、やっぱり引きつるような痛みがあった。まるで焼き火箸《ひばし》を押し付けられている感じだ。起き上がると、目がヒャーッと回る。目まいだ。慌ててまた横になる。口の中がザラザラしていて、唾もないくらい喉が渇いていた。

気が付くと、家には誰もいなかった。テーブルの上には無造作に朝食がボンと載っていた。見ただけでぞっとする。目が覚めたばかりなのに、山登りでもしてきたかのように疲れている。まだ右手を離せない。

枕を見て、「あっ」と絶句した。引っ張り抜けた私の血糊の付いた髪の毛で、一面赤黒かったのだ。血は固まっていた。しかしどうすることもできず、また横になる。手が痛いのか、熱があるのか、背中が痛いのか、体全体がズキズキしていて分からなかった。

次の日も、ずっと寝ていた。体中が火照って熱かった。今日は図書室の本が借りられる日だと思い浮かべたが、起き上がる元気さえ出なかった。

私はずっと着替えをしていなかった。血の付いた服や布団は異臭を放ち出していた。

あれ、人の気配がしている。お隣の山田のおばさんが私の名前を呼んでいた。

「温っちゃんなの？　温っちゃんいるの？」

何日かぶりで人の温もりを感じた。「そうだ。そうです」と答えたかったが、声が出なかった。空気を噛むというか、空気が漏れるというか、どうしても声が出てこないのだ。喋ろうと焦れば焦るほど、冷や汗が流れてきた。

「温っちゃん、病気？　ううん、怪我したのかい？」

「…………」

「あらあら、なんてこと！　こんなになっちゃって……あららら……」

私の顔を見て、山田のおばさんは一歩、二歩とあとに引き、えいっと気合いを入れなおしている。

おばさんは、汚れて、臭く、血まみれな私を、何も気付かないふりをして温かいタオルで拭いてくれた。白いタオルが見る見るうちに赤に黒と紫を混ぜたような色に変わっていく。何度拭き直しても色が付いてきた。左手の傷を見て、「あっ」と短い声を発して仰け反ってしまったが、「大丈夫」と自分にでも言い聞かせるように息を吐き、草色の包帯をくるくるときつく巻いてくれた。

涙が止まらなかった。こんなに、「ありがとう」と思っているのに、なぜ涙しか出ないんだろう。無理やり笑顔を作ろうとするが、笑えなかった。

おばさんの目を見ながら、空に『ア』と書いてみた。おばさんは腰が抜けたようにびっくりして、

「えぇっ！　温っちゃん、声出ないの？　えぇっ！　本当なの？　……『ヤ』かい？　うーん、じゃあ『ノ』なの？　違う？　えっ、『ア』？　『ア』ねぇ。何？　次は『リ』？　『リ』でいいのかい？　『アリ』……温っちゃん、もう分かったよ」

「…………」

「温っちゃん、声出ないんだねぇ。大きな声を出したからだよ。そんなのすぐに治るよ」

私もすぐに治ると思っていた。

声を発しようと思うと、その声は音だけが空気に吸い取られ、どうしても息に音が付いて来なかった。それは空気をぱくぱく噛むような空しさがあった。

恐る恐る傷口を見てみた。赤いものだと思っていた傷には白い筋が見え、緑っぽい液が染み出していた。見ただけで痛みが走る。

とにかく口が渇くし寒気がする。水でも飲んでみようとふらふらと立ち上がった。すると、まだ痛みも残っていて立つだけしかできない私の前に、音なしで、再び姉が立ちはだかった。まだいじめ足りないというのだろうか。私は絶望感に襲われ、見事に腰からくだけ落ちた。

姉は今度は革のベルトを振り下ろしたのだ。まだ癒えていない傷の上に、新たに別の痛みが加えられた。こめかみがピクピク震えたが、うめき声も泣き声も出せなかった。せっかく出血が止まったのに、またダらだらと血が流れ出し、塞がりかけた傷が口を開けてしまった。殺されなかったのが不思議な気がする。いや私が死ぬのを忘れていただけだろう。

絶叫がないのが不満だったのか、それともこれではまだ痛手が少ないと考えたのか、今度はバックルが付いた方を振りかざした。しかしバックルの重みでバランスを崩すのか、姉の思ったとおりの場所には当たらなかった。それどころか涼子自身に当たったのだ。姉は「ウッ」と短い声を発し、唸り声を上げた。

この声にきっかけを摑んだかのように、私の傷だらけの手は母の化粧瓶を姉に向かって投げつけていた。ガシャ、ガッチャン、姉が「キャー！」と大げさな悲鳴を上げた。

瓶は姉を逸れ、その後ろの壁に当たって割れ、テーブルの上のコップを壊し、ガラスの花瓶を落とした。それでもまだ花瓶の破片を拾って、投げ付けた。必死だった。

なおも何か投げてやろうとする私からすり抜け、

「やれるものならここまで投げてみて！　はい、どうぞ」

と冷笑しながら、するっと身をかわした。

割れた化粧品や香水の香りが狭い部屋にたちこめ、床を見てぞっとした。クリーム、白粉、瓶、櫛が一緒になって瓦礫の山を作っているではないか。こんなにも投げてしまったのかと。

それが一つも命中しなかった。力いっぱい投げたのに当たらない悔しさ。痛みは倍増し、ガクガクと震え出した。「投げてみて、はいどうぞ」なんて見下されたら、誰でも殺意さえ覚えたに違いない。

姉は母が帰宅するといつものように自分から走っていき、母の手を取り、「お母さま、ねぇ、お母さま」と甘え声を出し、訴える口実を見つけた喜びを隠せない風であった。

母は割れた化粧瓶の山に唖然とし、一瞬言葉も出ない様子で大事そうに欠片を拾い上げ、「みんな割れてる……」と呟き、落胆の色を滲ませて座り込んでしまった。

私はただひたすら母の怒りが鎮まるのを待っていた。

「みーんな温っちゃんが投げたのよ。私によ。これ見て、ほらほら、ねぇ」

姉は意地悪な目をチラッチラッと私に向けながら勝ち誇り、自分が当てたバックルの傷も、おまけに私の罪にした。

「温っちゃんは癇癪《かんしゃく》持ちなんだから、だから佐久間のおばちゃまにも、怖い子って言われるのよッ」

大嫌いな「怖い子」という言葉を聞いたとたん、脳天がぶち抜かれる思いがした。この傷を負って一人で寝込んで助けを待っていた私に、母が発した言葉は「癇癪持ち」と「怖い子」だった。これでとうとう私は自分は凶暴だと証明してしまったことになるのか。弁解も、声を上げて泣くこともできなくなった今、私はとうとう凶暴な犯人になってしまった。悔しさに狂いそうだった。

この変わり果てた私の顔をろくすっぽ見もせずにそう言える母は、いったい何者なのだろう。心の中の憤怒は溶岩となってどろどろと溶け出し、怒りの炎をつけてめらめらと燃え上がり、母という大きな山を道連れに呑み込んだ。たとえ傷の痛みは消えようとも理解してもらえない悔しさは恨みつらみとなって燃え広がり、身が悶えた。この怒りを抑えるのは無理であった。

そして、これからずっと私には声がなくなるとは知らなかった。わずか十歳であった。

母に声が出ないと気付いてもらえるまで、なんと長かったことだろう。娘に声がないと認めた時、母は困惑の色を隠せなかった。

「えっ？　はっきり言ってごらんなさい。もう一回、もっとお腹に力を入れなくっちゃ。『あ』って言ってみて。うぅ、もう、出ないわねぇ……」

母は娘の声が出ないのを認めたくなかっただけだ。そうなった原因や、声がない辛さを推し量る余裕すらなかった。

ゆっくり字を書く娘が焦れったい。やっと書いた私のヘナヘナ字を読んで、母は額に皺を寄せ、不機嫌になった。

「おねえちゃまがそんなことするはずないじゃないの」

私が嘘をついているとでもいうのか。曖昧な薄笑いを浮かべて一笑に付した。真実を追求せず、思い込みで押さえ込もうとした。なんら疑問も湧いてこないのか。逆鱗などはちっぽけな鱗となって飛び散った。

私は怒りを表す声を失っている、ああ、なんということだろう！

あまりの怒りの大きさに、手が震えてうまく字が書けない。姉の方は口を使って簡単に出まかせの顚末を母に吐き、一段高いところから薄ら笑いを浮かべている。のろのろ字など書いていて、偽りを暴けるはずもない。口に勝てるはずもない。すごい形相で怒り狂っているのは私の方で、穏やかな顔をしているのは姉の方だ。その涼しい顔にまた腸が煮えくり返る。

嘘もつき慣れると貫禄が備わってくる。少々のバレにも動揺を示さない。ほころびを上手に縫い合わせられるようになる。恐ろしい限りだ。またタイミングよく逃げ足もうまくなる。次から次へと手を替え品を替え嘘をつきまくる。微動だにしないその姿は、もう天晴れというしかない。

いじめられる方は絶対に貫禄は付かない。それどころかかえって憎しみは増大し嫌いになる。過去の古傷を思い出す切っ掛けを作ってしまう。

また暴力に決して慣れることはない。たび重なるごとに怖じけづき委縮する。いじめる人には痛みや辛さはとうてい理解することはできないだろう。いじめたことさえも忘れているかもしれない。

時間が経つとますます虚偽が真実に変化し、姉の想像どおりの話が練り合わさってでっち上げられる。虚偽の話を作るためにいじめは隠れて行なわれ続けた。気分次第で無抵抗な者に飛び掛かる。面白いのだろう。そして嘘のシナリオを書く、そのシナリオが世の中という監督の下をすいすい、いとも簡単に通過していく。

謝罪も反省も求められない。批判も受けない。しかも周りの人からいつも褒めそやされる。だから私は脅えながら姉の家に住む居候のようであった。


「声が出ません」という手紙を持って登校できたのは、それから一週間経っていた。母の手紙を読んだ先生は、ピリッと空気を裂いていきなり私に大声で問いかけた。

「江上、声が出ないんだって？　おかしいね、返事ぐらいできるだろう！」

この先生の声に、ざわめき立っていた教室が水を打ったような静けさにがらっと一変し、みんなの視線が刺さるように感じられた。そしてまたどこからともなくざわざわと波が立ち、「声が出ないんだって」とドミノ倒しのような早業でパラパラと伝わっていく。どんなに身を縮めても、みんなのざわめきが耳に飛び込んできた。どこを見ていいのか、目のやり場にも困った。泣き出したいような恥ずかしさがあった。

なおも追い討ちをかけるように、先生は平然と言い続ける。

「これ以上お母さんに心配かけちゃだめだよ。いっぱい食べないと声も出ないし病気にもなるよ。まあ、声なんかすぐ出てくるでしょ」

気楽にそう言ってくれたが、私はみんなの前で叱られてばかにされた気持ちに陥った。先生がまさかみんなの前で言うとは、これっぽっちも考えていなかったのだ。

どうしてこんな心ない言葉をかけるのだろう。母はいったい何て手紙を書いたのだろう。先生は何て読んだのだろう……。しかし、真実を知ってもらいたいと焦れったさを抱く反面、探ってもらいたくないとも思っていた。私は、声がないハンディキャップを心細く重く受け止めざるを得ない自分に必死に耐えていた。環境の激変を受け止める用意ができていなかった。この時私は、溺れる者よりもっと強く縋《すが》る者を求めていたのだろう。糸より細く紙より弱くクモの糸のように仕掛けがあっても喜んだかもしれない。

「食べろ、食べろ」と言われても食べられず、ますます細くなり、傷だらけの体はもう痩せられないくらい痩せて、小学生だというのに顔に皺ができてきた。

世の中すべての人が姉の味方をしているようで悲しかった。姉の渦が早く強く回り、逆らって反対向きに回す力が弱すぎた。

母を驚かせたのは、娘の声が出ないという事実ばかりでなく、汚れた布団もだった。乾いた血がこびり付き、髪の毛は散らばり、汗と涙の跡はあちこちにシミを作っていた。母は泥色の布団に愕然となり大騒ぎした。なぜ汚れたかは考えない。姉と一緒になって、こんなに汚して黙っていられるものかと私を責め立てた。

「よく、まあ、こんなところに平気で寝られるものねぇ。わあー、臭い!」

母は歯をぐっと噛み、首を小刻みに横に振った。

その布団は綿の打ち直しをし、きれいに生まれ変わった。しかし、きれいになった布団は、当然のように姉のものになった。

父の位牌に向かい、「口がきけますように」と手を合わせた。祈るなんてばかばかしいおまじないだと分かっていたが、やらないよりましかなと子供心に思ったのだ。他に自分にできることが分からなかったのだ。捨てたものじゃない、気が楽になってくる。

私も中学生になれた。

この痩せた体のどこにエネルギーを蓄えていたのだろう。気が付くと姉よりも頭一つくらい背が高くなっていた。腕も太く足も大きくなり、いつしか食欲も味方してくれていた。体が大きくなったことは嬉しいことだった。頭にヘルメット、胴には鎧の上から防弾チョッキ、腰に刀、右手に小銃、背中には機関銃を背負う。どう考えても強そうだ。でも心にぽっかりと穴があいていたが、もう姉の暴力もあまり怖くなくなっていた。

中学の初めてのテストで十一番だった。小学校の成績は最悪だったし、順位など知らなかったから、自分でもびっくりした。母が喜ぶかなと思い、「十一バンダッタ」と書いてみた。なんだか嘘くさい、いいや明日にしよう。次の日もやっぱり見せなかった。わざわざ紙に書いてまで見せなくてもいいや、必要もない。心の奥に感情を押し込める癖が付き過ぎていた。

本当はテストなどどうでもよかった。ただ、母の優しさが欲しかっただけなのだ。子供は親から公平に愛されるべきものであろう。愛されてるなと思っただけで生きていける。たとえ離れていてもだ。兄弟でも個々に具わっている能力、個性、特技などは違って生まれてくることもあるが、親の愛情だけは同じでなければならないだろう。子供たちがみな同じ温かみを感じた時、家族愛が生まれるものなのだ。けれど、私にはどうしても母の愛を感じることができなかった。全部姉に吸い取られて、カスも残っていなかった。

成績は、次は二番に、次はとうとう一番になったが、私は笑うことを忘れていた。姉は、背丈を追い抜かれただけでなく私の成績が上がってきたことを不審に思ったのであろう。これは姉の参考書を無断で読み漁っているなと気付かせた。姉は潮の流れの変化に敏感に反応し、私の鼻っ柱をへし折る必要があった。姉にとっては、妹とは惨めで小さくなければならないものなのだ。今まで踏んづけておけば動けないと安心していた妹が、ごそごそ動き出した。さあ大変、急がないと。

突然、感情まかせに私の頭めがけて椅子を投げ付けた。椅子はギュッと鈍い音を立て、私の頭から背中へと転がり落ちた。とっさに防御の構えはできなかった。

「黙って人の本を読んだでしょう。なぜ貸してってって言えないの？」

ゆったりと落ち着き払ってそう言った。

貸してくれと頼んだら貸してくれたのであろうか。

「黙って人のものに触るのは、泥棒と同じよ」

椅子をブン投げたばかりとは思えない、軽い静かな口調だ。この「泥棒」という無理やりこじつけた言葉と静かに話す声に、思わずすくみ上がる。

体も大きくなった今、やっと反撃する時がやってきたのだ。腕、肩、足にみるみるエネルギーが湧いてきた。

ようし、今度は私は転がった椅子を拾い上げて高々と振り上げ、力いっぱい、まさに投げ付けてやろうとしたその瞬間、パッと母が姉の前に立ちはだかって盾になったのだ。胸がドキンドキンと大きく鼓動を打つ。驚愕以上の怒りが鎮まらなかったが、仕方なく、虚しくよろよろと椅子を下ろすしかなかった。

この人は、親じゃない！

姉には、神様がついている！

お母さま、いったい目はどこに付いてるの！

普段あまり感情を表わさない母が怒鳴った。

「温子！　何するの、危ないでしょう！」

腹にぐっと力を入れた、魂のこもった声であった。

「いったい何考えてるの！　恐ろしい。ヒステリー起こして。何？　本なの？　お姉ちゃまのものなら、貸してって書かなきゃ。黙って隠れて人のもの触っていたら、気味が悪いし、そうそう、泥棒よねぇ」

母と姉は目で合図しながらうまく嚙み合って怒っている。

そう言われてみればそのとおり、私には一言もなかった。それに、口がきけない私に言い争いなどできるはずもない。

機関銃も刀も何にも持っていなかった。一番の敗因は援軍がないことだろうか。心の穴がますます大きくなりそうだった。

勝ち誇った姉の目がそこにあった。

私はもう母を好きではなくなっていた。それなのに、まだ母の愛を求めている自分がいた。

心の安らぐ場所があるなら、どんなに遠くても、這ってでも行きたかった。だが、子供に逃げる場所などあるはずもない。逃げ出しても、またこの家に戻ってこなければならないだろう。不良少女になって、こんな家、火をつけて燃やして粉々にしてやりたかった。しかし悔しいかな、私には規律や指図に従う癖が付いていていた。

その時、不思議とも思える一つの考えがひらめいた。もやの中から一艘《そう》の舟が現れ、私を待っていた人々が赤い毛せんを敷き、「ようこそいらっしゃいました」と出迎えてくれる。毛せんに足を踏み入れると、「お助けします」と優しく微笑みをくれ、手を差し伸べる。舟はゆらゆらと岸を離れ、やがて滑るように水の上を滑走していく。

「死んでやる！」

初めて死を意識した瞬間だった。

木に紐をかけて首を吊る、電車に飛び込む、腹をかき切る、薬を飲む……。どうやって死のうかと方法を考えただけでも心が躍った。

いつかはきっと死んでやる。必ず。完璧に姉から解放されるんだ。なんでこんな簡単なことに気が付かなかったのだろう。肩の荷が下りるように気が楽になる。小さい頃は考えたこともなかった死。傷ついた手を自分で押さえて耐えたこともあるのに、それでも死にたいとは思わなかった。姉がもう一度暴力を振るえば、もう一度嘘をつけば、死にゃいいんだ、自殺すればいい。自殺への憧れはますます広がっていく。迎えの舟に乗った私の姿は、なかなか脳裏から消えてなくならなかった。体の傷を見るたび、きっとこの舟に乗るんだと一人頷いていた。

しかし、こんな考えはかえって姉の思う壺かもしれない気もした。ボロ雑巾が自ら死にに行ってくれた、捨てる手間がはぶけたと笑い転げるだろうか。姉の喜ぶ顔を思い浮かべて、嗚咽した。

死を思い浮かべることは簡単で、問題が解決したかのような錯覚に陥るが、実際に自分で命を絶つ、これほど難しいことはなかった。この一線を越えることは、私にはどうしてもできなかった。

涼子が成人式を迎えるという。

例のごとく、佐久間家から豪華な着物が届いた。着物などに興味のない私でさえ一目で豪華だと分かるものだった。人というのは恐ろしいものだ。贅沢に慣れるとすぐつけ上がる。母も姉も、その着物を気に入らなかったのだ。

「青地に銀ねずみ色の梅ねぇ。ちょっと、お地味よねぇ。帯だって黒紫よぉ」

「私にこれ着ろっていうのかしら、おばちゃまったらぁ。この着物、袖が短いわよ」

「それは中振りよ。これがお振袖でしょ。これも薄い青……」

長いこと二人で品定めをしていた。どうも母のイメージと合わないようだ。それでも気を取り直して姉に着せてみるらしい。

今度は、別人のようにはしゃぐ母の声がした。

「涼子ちゃん、お振袖の方がいいわね。……ぴったり。やっぱり着物はいいわねぇ、お似合いよ。いいわ……ほんと、かわいらしい。温っちゃぁーん、どこにいるの、ねぇ、早くいらっしゃーい。見てみてよ、すごいでしょ！」

やっと、仲間に入れという時は、姉の着物姿を褒めちぎれというのか。狭い家の中だ、大声を出さなくても全部聞こえている。

「ねぇ、温っちゃん、きれいでしょ。ちょっとお地味かなと思ったのよ。でも、お姉ちゃまが着ると映えるわぁ。髪を結うともっと違うのよ」

こうして頭の天辺からつま先まで高級品で覆い尽くすと、私でさえ平気で蹴りを入れるような娘には見えず、しおらしい別嬪さんに見えてくるから不思議だった。姉は得意そうに小鼻をうごめかしていた。

私には褒め言葉が浮かんでこなかった。一応話の区切りには肯いていたが、どうでもいいような気の抜けた態度で、一緒に歌い合っても喜び合ってもいなかった。心ここにあらず風で二人の中にただ座っていた。

この着物と二人の嬉しそうな横顔を見て、ふと私には着物を着ることも成人式すら来ないだろうと、何となくそう思った。

里子さんが、ある落語家と結婚が決まり、佐久間の家を出るという。

おめでたいことなのに、大切な人を失うようで寂しかった。里子さんの息遣い、ちょっとこもった声、抱きしめ合った時の何ともいえない温かさ、笑った顔、泣いた顔、そんなものが全部流れてなくなってしまうかのように感じた。

「温っちゃん、何泣いてるのよぉー。ちゃあーんと東京にいるし、今までとなぁんにも変わることないじゃないの」

里子さんと声を失った私の間では、言葉なんか必要じゃなかった。一言も口をきかず、何にもしないでいいのだ。人間の言葉を越えた真実の心のかよいである。そのためには言葉はただの薄っぺらな道具でしかない。里子さんはその道具を駆使して、私の手足になり代ってよく喋ってくれた。また二人で生き生き買い物を楽しんだ。「バニラ二つ」「ビーフカレー二つ」。

里子さんといると自分に声がないなんて忘れてしまう、思い出しもしない。

「温っちゃん、靴買っていこうよ、安いよ」

メモを書かなくてもいいというのは楽しさが倍増する。お店の人にイエスは言えてもノウは書きにくく、理由や別の物などなおさら言いづらいものなのだ。

姉と目が合えば常に「唖」と蔑《さげす》んだ。この二文字には悲しさがこもる。不便さなど比でない。その悲しみは体の隅々まで涙で満たし凍りづかせる。自分には声がないんだと思うだけで仲間に入れない気がした。たとえ、「おいでよ」と誘われても、迷惑をかけるようで心苦しい。この黙ったままの人間は、友達として意見や悪口などが言い合えたり、喜び悲しみを分かち合えないどころか、不快さを与えるかもしれない。そう私が思い込んでいた。こういう人間は、また横に相手がいるというだけで身が縮む。幼い頃、ひとりぽっちは嫌だったが、声を失うと一人の方が気楽だった。孤独に慣れたし、慣れなければ生きていけなかった。

私は里子さんにだけは自然に甘えられた。遠慮もしない。唯一、自分から電話がかけられた人だった。むしろ里子さんは私からの電話を待っていたかのような話し方だった。その喜んで弾んだ声を聞いて元気になれた。結婚するというだけで大切な里子さんが遠くに行ってしまうような気になったのだろう。その時は。

佐久間家には、里子さんに代わって木戸さんという中年のおばさんが雇われていた。

訪ねてみると、玄関のベルは鉄琴を打ちそこなったようなチテンとみすぼらしい音を立てた。中に入ってもっと驚いた。かつては人の姿が映るまでに磨かれていた廊下は、砂埃と、毛糸のセーターかと見間違えるほどの綿埃があちこちに丸まっている。花束が包みごと腐ってバケツに入っていて、その悪臭にウッとむせる。服は脱ぎ散らかり、パジャマは上下別々にあっちこっちにあり、新聞紙は開いたままバラバラに捨てられ、その上をこともなげに踏んで歩く。汚れた食器は流し台をはみ出し、テーブルや椅子を占領し、ビールの空瓶も家中に置いてある。その上を小バエが不気味な羽音を立て、床は蟻がゾロゾロ行列を作る。人が代わっただけでこんなにも荒れ果てるものかと、驚きを越して感心した。

それだけではない、木戸さんは堂々とおば様と喧嘩をして勝っていた。あの冷たく怖いおば様をビシバシやっつけている姿は小気味よくも見えたが、叩きつけるような口調で家来のように従わせようとする勢いがあるのは、手放しでは喜べないものを感じた。

「ほら、奥様、手紙出してきた?」

「あんた、ほら、奥様、鍵ちゃんとかけてきてよッ。分かったッ」

「牛乳届いてないよッ。電話しておいてよ」

よく見れば、エプロン姿なのはおば様の方で、木戸さんはワンピース姿なのだ。私は全身で驚いて、エプロンを崇高なものでも見るように見ていた。

おまけに、やたらと平和とか平等、自由などの言葉が、恥もなく、意味をはき違えて木戸さんの口からジャージャーと流れ出す。

「自由国家は働かざる者は食うべからずよ。それが平等よ。この女は何よ、どこに取柄があって奥様なんて言われているのよ。人にお願いする言い方も知らないくせしてッ。バカじゃないの。全く平和を乱して! おお嫌だ! こんな女のご飯作るのォー」

さらに痛烈な皮肉が混ざって、目の敵とばかりにおば様に癇癪玉をぶつける。

「奥様はもちろんできますよねッ」

「奥様なら、ご存知のはずでしょうよ」

それは統制を失った江上の家の縮図そのものだった。

家庭生活を円滑にするためには、自ずと中心になる人がいなければならない。しかし、木戸さんや涼子のように支配者となるべきではない人間が実権を握った家は、居心地が悪いの一言だ。

木戸さんは立ったままおば様と母の前でジャーとお茶を注ぎ、一人でズルズルと飲んだ。おば様は思うようにならない悲しさをヒステリーで散らし、棘の生えた甲高い声を家中に響き渡らせている。単なる遠雷だ。

かつてのおば様は、一言にさえも威力があった。しかし大声なのにその威力を失うと、「何か言ってるなぁ」と思うだけだ。聞き返す人もいない。誰も怖がらず、轟はむなしく響いているだけだ。おば様は腹が立ちすぎてか、ピリピリして眉間に皺を寄せ、首筋の血管ははちきれんばかりに膨れ上がっていた。

木戸さんは遠雷を横目に私に言った。

「あなたのお母さん、子供二人も連れてきて、何の手伝いもしやしない。ほんと、呆れたものだわねぇ、常識はずれなんだからッ」

故意に母に聞こえるように言った。

もちろん、「涼子様」なんていうバカげた呼び方をするはずもない。

「涼子ちゃん、自分の部屋は自分で掃除しなさいよ。女の子でしょ」

姉は木戸さんの肩に馴れ馴れしくしな垂れかかり、甘え声を出して手なずけた。

「あーら嫌だ。私、お掃除うまくできないもの。木戸さん手伝ってぇー」

驚いたことに姉だけには木戸さんは一転して怒らなかった。「涼子ちゃんたら、んもう」などと言って鬼が笑ったのだ。鬼の八重歯を見た。

「ねぇぇ、今夜のおかずなあーに?」

また媚びを売った。それでも木戸さんは怒らなかった。姉はさらに図に乗った。

「私ねぇ、熱めのお風呂がいいのぉ」

雇い主の佐久間夫人をも恐れず牙を剝く猛獣を、姉は即座に意のままに操った。こんな芸当を持つ姉は、どんな世の中が来ようとも生きていけるだろう。そう確信した。

私は佐久間のおじ様は命の恩人であると心得ているし、里子さん仕込みで、掃除、洗濯、茶碗洗い、何でもできる。道具の置き場所も知っている。しかし、この時私は腕まくりをしなかった。

今頃になって、私は何でこの家にいるんだろうという疑問がぶくぶくと泡のように湧いてきた。この家は私のいるところではなかったのだ。私こそ来てはならぬ一番必要のない人間だったのだ。

私はおば様に、「アリガトウゴザイマシタ。イマカラカエリマス」とぴしりとメモを見せ、深々とお辞儀をした。私の勢いが強く、誰も寄せ付けなかった。

「あら、温子さん、ねぇ、どうして帰っちゃうのよ」

おば様が慌てて追いかけてきた。

「ねぇぇ、ケーキもあるし、ゆっくりしましょうよ。今からじゃ、お家帰ったら真っ暗になっちゃうわよ、ねぇ」

おば様が私を「温子さん」と呼び、不安そうな顔を向けて呼び止めた。初めてのことだった。この人もきっと寂しいのだろうと同情し、お腹の中をそっと覗いたような気がした。しかし私はおば様にもう一度同じメモを見せ、お辞儀をし直し、玄関を蹴って、跳ねて飛んで躍り出た。早馬のように脇目も振らず駅まで突っ走った。

早馬は息が切れ、改札に続く駅の階段を一段ずつハアハアと息をつきながら上りつめた。「新宿イチマイ」とメモを書いていると、後ろから「新宿二枚ください」という声がした。振り向くと、大好きで大嫌いな母がハンドバッグと大きな鞄をだらんと両手にさげて、はにかんだように立っていた。親の威厳を失っている母は、白髪の混じる髪でまるで童女のようにも見えた。

　母はおっとりしていて、人を目敏く見抜く力などまるでない。ましてや人に反逆することなどは夢にも思ったこともないような性格であったから、物事の正当さを木戸さんに説く力もなく、かといっておば様のようにヒステリーを起こして憎しみや怒りを表現することもできなかったのだろう。悲しいことだが、私がなぜ逃げ出したのかとか、夜遅く竹田の田舎まで一人で帰らせるのは忍びないなどとも思わなかったに違いない。

　黙っていても母の気持ちが伝わってくる。ただ木戸さんに叱られるのが怖かっただけだ。逃げるきっかけが欲しかっただけだ。一人で逃げ出すこともできないこの母が哀れだった。今さら何よ、自分が心細いというだけで、いつも放りっぱなしの私についてきたことにムカッと腹が立ったが、労ってやらなければと思い直した。卑屈な椅子に座る辛さを思い知ったか、とも思ってみたが、またこの母だけには卑屈な椅子に座らせたくないとも思っていた。複雑に混乱していた私は、見た目は完全に仏頂面になっていた。

私は一方の肩に母の大きな鞄を、もう一方の肩には自分の重い鞄を担いで立ち、ブスッと味気ない顔をぶらさげ、混んだ電車から外を見ていた。二人の間にはどうしようもなく気まずい重苦しい感情がはびこっていた。

新宿に着くと、母娘間に気まずさを置くことを避けたかったのだろうか、妙に空元気で弾んでみせていた。

「高野のフルーツパーラーで、チョコレートパフェでも食べて行く？　ねぇ、温っちゃん」

もう十年前にこの言葉を聞けていたら、私の顔は喜びいっぱいに輝き、そしてはしゃぎ回ったに違いない。今の私は、心は傷付きすぎ、貝のように閉じて、ただツンツンと首を横に振っただけだった。

「そうね、もう遅いしねぇ。今度にしましょうか……」

母は自分に言い聞かせるように言った。

常磐線に乗り換えると、さらに気まずさは増し、世間で言うような母娘でいる幸福感とはほど遠いものだった。母はしきりとおろおろして気を遣い、口のきけない娘のために景色を見て二人分喋らなければと多弁になったが、こんな近くに寄ると私の方は今さら何の話題も浮かんでこなかった。

私は目を伏せ思いを巡らせていた。

この母は、枯れ落ち葉のような私にさえついてきた。一人では荒波も越えられず、何かにすがり付いてしか生きられない人なのだ。父の陰で力を発揮するには十分能力があったかもしれないが、父のそばに座らない母は強さも賢さもなく、あまりにも弱すぎる人である。

かつて私は、この目の前にいる弱い母に何度も助けを求めて大声で泣いていた。助けてもらえるはずもなかったのだ。

父よ！　のうのうと一人で死んで天国へなんか行かないで、この弱い童女のような母の手をしっかりと掴んで連れていってあげたなら、この母はどんなに幸せだったろうに。そして父よ！　もう一方の余った手で私の手を握り、「温っちゃんも行くかい？」と聞いてくれたなら、私は何もかも放り投げて喜んでその手に夢中でしがみ付いたであろう。

私は卑屈な椅子に座り慣れすぎた。もう嫌だ。

隆夫さんも涼子も大学生になっていた。しかし二人は水と油というかまるで溶け合わず、全く正反対の生活をそれぞれに楽しんでいた。

涼子は図書館に通い調べものをして、まるでまだ受験生のように勉強に勤しみ、興味深いものでも見つけたのか目が生き生きとしていた。

隆夫さんはダンスに興じ、学生だというのにゴルフに夢中。本棚には旅行の本、カクテルの作り方、車の雑誌が並び、黄色いスポーツカーを乗り回し、テストの前には友達に電話をしまくり、ノートを借り山をはって試験に臨んでいた。彼女の顔も、次から次へと変わっていた。ハイセンスでスマートなエスコートぶりに女心が動くのも無理はない。女性でなくても隆夫さんとだったら一緒にいて楽しいだろうと思う。父親譲りの人のよさ、母親譲りの羽振りのよさが魅力的だ。

しかし、時には隆夫さんと彼女と姉の三人で、ゴルフや映画に行っているのが私には解せなかった。姉は強がってか、隆夫さんがデートしているのを知っても怒らなかったしヤキモチも焼かなかった。〝私ほどではない〟と自惚れていたのだろうか、あまりにも長い付き合いで兄妹にしか思えなかったのか、能面の顔を崩すことはなかった。

ところが、姉に津軽勇吉という恋人が現れた。いや、無理やり姉が好きだと割り込んできた感がある。

勇吉の恋心は怖いくらい真剣で、あまりにも一途すぎて周りが見えていなかった。姉に腑抜けになり、涼子さんは太陽だ、月だ、星だ、になってしまっていた。姉のためならたとえ火の中水の中と、嵐のような猛アタックを繰り返した。

この猛アタックを姉はうるさがり、隆夫さんがいない時の穴埋めとしては付き合っていた。そして勇吉は、この冷めた女が一層魅力的に思えてしまい毎日連絡する。姉はさらにうるさがる。そのうちに、なんでも意のままになる男をバカにし始め、嘘をついて勇吉を攪乱《かくらん》させたり待ち合わせをすっぽかしたりして、傍若無人に振る舞うようになっていった。

勇吉は姉に振り回されて、悩みに悩んでいつも泣き顔だった。私は、失恋で男性の泣いている姿ほどみっともないものはないと思った。あの誠意のなさを見れば、愛されていないと分からないものかと訝った。

勇吉はT大卒で本の香りのする学者肌の人であった。この頭のいい人が笑っちゃうほどバカげた恋の道を通るのかと、本当に不思議だった。涼子だけが女じゃあるまい。

そんな勇吉と姉を見る母の内心は穏やかではなかった。穏やかでない母を見て人間だと少しほっとした。佐久間家との約束を果たさなければならない、果たさなければ申し訳が立たないという葛藤があってか、勇吉が家に来ると不快さをあらわにした。どんなに悩んでいたことか、その態度を見れば分かりすぎるくらい分かった。

母は悩んでいたが、当の姉はケロッとしていた。勇吉を泣かして面白がっているようにも見えたし、隆夫さんとの裕福なデートにも酔いしれているかのようでもあった。

母は落ち着きをなくし、慌てていた。

「ねぇ、涼子ちゃん、あなたのお父さまはお医者様だったのよ。今はこんなところに住んでいるけど、後ろ指を指されるようなことはしてないわ。勇吉さんのお家とは違いすぎるわ。恥ずかしいからやめてちょうだい。江上の血が汚れるわ。毎日毎日手紙が来て、おかしいわよ。涼子ちゃんは本気じゃないとは思っていたわよ。勇吉さんだけが舞い上がっていて……。涼子ちゃんはもっとおりこうさんかと思ってたわ」

「本気じゃなくてふしだらならよかったの？　遊び心ならいいの？　何が恥ずかしいのよ。親と本人とは別よ。隆夫ならいいの？」

「……そうだわ、ところで隆夫さんは誰とスキーに行ったの？　もう、何を考えているのかしら」

「知っらなーい。いったいお母さまはどうしろって言うのよぉ。勇吉なんかデートしてあげたのに長靴履いてくるのよ、みっともないったらありゃしない。お食事の時は小銭を数えて出すのよ、がっかりしちゃう」

「隆夫さんならそんなことはないわ」

「じゃあ、お母さまは隆夫さんなら満足しろって言うの。山本周五郎も知らなかったんだから。私に家の犠牲になってそんなバカの嫁になれと言うのね。冗談じゃないわよ！　勇吉はT大よ」

「T大っていうけど、津軽さんの家では勇吉さんだけでしょ大卒は。優秀な孫が産まれなかったら、御先祖様に申し訳が立たないわ。家柄が違いすぎるしねぇ、困ったわ……。人のいいとこって探せば出てくるものよ。探さなくっちゃ見つからない長所なんて、長所でも何でもないわ」

私はこの支離滅裂なやり取りをしばらく聞いていた。姉の口から出てきた「家の犠牲」という言葉に引っかかって尾を引いていた。本当にそう思っているのだろうか。まさか。それにしても、母が御先祖様まで引っ張り出してきたのにはおかしかった。思わず吹いた。そんなことを言う人ではないからである。

私はどうしてだろうと思う一方で、分かりすぎるくらい分かっていた。姉は勇吉も隆夫さんも心の底で軽蔑していたからである。私自身、言われずとも尊敬するところと嫌なところは分かっていた。

人として、結婚する時にすることは、長所と短所を見つけることではなく、相手を愛することであろう。愛の存在を忘れると、人は上下を決めたくなる。金持ちは貧乏人を軽んじ、インテリは学歴を重んじる。落ちぶれた者は、屋根裏から家系図を持ち出して埃をぽんぽんはたき、我れは織田信長の子孫であると豪語し、あなたはただの人だと笑い出す。必ずといっていいくらい自分以下の人間を見つけ出し、自分はたいした者だと思いたがる。ついでに飼い犬にまでも差をつける。「お前の犬は雑種だろう、うちの犬は名犬チャンピオンだ」と。そんなことでもしないと自分が惨めなのだろう。

愛し合えばいい。互いに思い合えばすぐ解決する。愛を求めるだけでなく与えることを忘れているから、御先祖様だとか家柄などの言葉が出てくるのだ。また甘い汁だけを吸いたくなる。

結果はどうあれ、私をいじめる人が増えないことを祈っていた。

母の心配が消える時が来た。隆夫さんがある女性と結婚すると言い出したのだ。その人に初めてお会いした時、思わず見とれてしまった。潤んだ瞳、長い睫、優しそうな笑み、吸い込まれそうに美しく、たとえられないくらい素敵な人だった。美智子さんといった。

長い約束はこうして終わったのだ。

親の軽はずみな感情で生まれた約束で、私だけが深い傷を負い、モズの卵になったと思っていた。しかし、曲がった愛情や金品で舞い踊らされた姉の子供心も必ずしも幸せではなかったかもしれない。姉は当たり前に座ることとなっていた社長の妻の座をあっけなく明け渡し、何食わぬ顔で毎日を過ごしていた。そんな強がりを見て、本音を打ち明ける人もいないのか、かわいそうな面もあるのだなと、姉のもう一つの顔を見た気がした。

やがて、姉は当然という顔をして「津軽涼子」になった。いや、うるさく付きまとうから結婚してやった、こんな感じだ。勇吉は隆夫の存在を知っていたし、裏切りを何回も受けていたのに、姉をこよなく愛し恋心を燃やし続けた愚か者である。姉は、勇吉は意のままになる男だと見下して、今度はいじめの矛先を勇吉に向けた。

引っかく、叩く、物は投げる、話の通じない恐ろしい妻になった。傷を負って勤めに向かわなければならない勇吉を見ると、我が身のことのように痛みが伝わってきて同情した。さらに勇吉には、私にはなかった暴言が堂々と加わった。

「勇吉ッ、自分で食べたお茶碗は自分で洗うものよッ、先に食べてさっさと席を立つのは、私をなんだと思っているのよ！」

「お茶を入れてもらって、ありがとうを言い忘れたでしょう！」

「何？　オシル？　お澄ましって言ってよねッ、もう下品なんだから！」

今さら驚くこともないがいつもこんな調子でまくし立てていた。手をついて謝れ、給料が安い、育ちが悪い……姉は勇吉の弱みをことごとく叩いた。

そして、口から出まかせの我がままを何でも通す。真夜中に、「大福が食べたい」。外に出かければ、「この電車混んでるわぁ、あなた空いた席探してきてよ」。こんなつまらないホザキにも、勇吉は何を考えているのか、戒めるどころか家来に成り下がってせっせと奔走していた。バカな姉はさらにエスカレートし、勇吉が失敗したらもう大変、ここぞとばかりに暴力が始まるのだった。

ある時、勇吉が姉に、「すみませんでした」と言っているのを聞いたことがあった。

この言葉に、何とも言えない衝撃が胸にヒャーと走った。だって普通の夫婦ではめったに使わない言葉であろう。浮気の釈明じゃあるまいし。二人とも愛はないなと思った。少なくとも勇吉の愛は、もうさすがに燃え尽きているだろうと。

落胆し、焦燥感に溢れ、結婚の夢破れた勇吉を見た。今頃何を悩んでいるのかと、ちょっと思ってみたが、私を同胞同類だと見なして、女々しくくどくどと愚痴をこぼす男のみっともなさを感じた。それも小声だった。若い男性の小声は、体の中を小さな虫にうようよ這い回られるようで気味が悪い。私はその愚痴を全部聞かずとも、姉がやっていることくらい目に浮かんでいた。

「本当ニ、コノママイッショニイルノ？　別レナイノ？」

「ああ。……でも、突然荷物まとめて車に積んで逃げ出したくなるけどね」

「自分ノ気持チヲ誤魔化サナイデ、逃ゲ出セバ？」

「そんなこと、できないよ」

「ドウシテ？　誰カニ相談シタコトアルノ？」

「誰にも話さないよ、こんなこと。誰も信じてくれないだろうなあ。僕が背負うべき責任だろうし、涼子は優しそうな顔してるもんなあ。ブン殴るなんてあの顔からは想像できなかったんだ。僕って、本当にバカ者だって思ってるんだ。女に免疫なかったから、顔のいいのに騙されたって訳よ」

「愛シテルノ？」

「もう、分からないんだ」

「目ニハ目ヲヨ。怒鳴ッテ殴ッチャエバ？　私ハデキナカッタケドネ。小サカッタカラ」

「実は、したことあるんだ。でもかえって逆効果だったよ。付ける薬なしだ」

この勇吉さえも気持ちを押し込めて引き下がる。これでは問題は解決するはずがないではないか。私は、ずっと逃げ出したい思いに蓋をして生きてこなければならなかった。子供だったし、妹という宿命を背負っていたからだ。でも、男性で夫の勇吉の立場で、それも大人なのだから、自分の踏み入れた道が誤りだと気付いたら、引き返せばいいのだろう。そうは考えないのだろうか。

愚痴をこぼす前に、私に協力を要請するなら喜んで一肌脱ぐ用意があるのに、いつも側に寄ってきて、取りとめのないベトベトとした戯言《たわごと》をこぼしていた。この人はいったい何をどうしたいのか分かりかねた。

私の場合と違っていたのは、姉が他人の目を気にしなかったことと、勇吉が簡単に謝ることだった。「ごめんね、涼子」、「ぼくが悪い、悪かった」。母は、こんな場面を目にしても、「あらあら、まあまあ、おほほほほっ……」などと言って、まるでこの世のものとは思えない麗しい言葉をゆっくりと使い、目は遙か彼方の異次元の世界を見つめ、非情な娘の行ないに慌てもしなかった。もっとも、単なる夫婦喧嘩などに首を突っ込む必要はないが、目の前で起きている不自然な暴力に対して、「あらあら、まあまあ……」と落ち着いている親、いや人間は、大物かバカ者以外の何者でもないだろう。親だという意識に欠けていた。娘を愛してもらわねばと懇願する必要もなく涼子こそ愛されて当然と思っていたのだろうか、娘がいつも優勢だから笑っていられたのだろうか、勇吉が必ず謝るから勇吉に非があるとでも思ったのであろうか。頭をかきむしりたくなる思いだった。

骨に沈むズンズンという音、姉が無抵抗の勇吉を叩く音だ。どうして自分の大切な人を叩く必要があるのだろう。みんな姉の言うままになって動いているのに、いったいいつまでこんな胸にこたえる音を聞かなければならないのだろう。

変わらないなこの人は、この性格は死んでも治るまい。人に尽くす嬉しさを持たず、決して人のために生きようとはしない。私たちの人生に与えられているのは、誰しも限られた不定の時間しかないのだ。だからこそ、今ここに縁ありて巡り会った人を慈しみ大切に思わなければならないだろう。自分の人生だけでなく、勇吉の人生も限られた長さしかないことを忘れている。一番見落としているのは、どんなことをしても勇吉が元のまま愛してくれると思っているところだろう。暴れまくる姉は満足しているのだろうか。煮え切らない勇吉にも問いかけたい、「あなたの残りの人生はこのままでいいのですか?」と。

幸せになる糸口を模索しない人たちの夫婦げんかなど見るのも聞くのも嫌で嫌でたまらなくなっていた。

高校の時の歴史の先生は「パンジー」といった。もちろん渾名だ。小柄で貧乏ゆすりをしながら機関銃のように喋り冗談を連発する、魅力溢れる先生だ。小柄だから「パンジー」なのかと思っていたが、チンパンジーに似ているからパンジーだと知って、お腹が痛くなるほど笑い転げてしまった。なるほどウンウンと頷けた。顔ではなく歩き方だそうだ。両手をぶらりとさげ、短い足を引きずって歩く姿は確かにそっくりだ。また、こげ茶の背広をいつも着ている。

「……あんな電気釜など文化鍋でも何でもない。飯しか炊けない。下宿で使っていた我が洗面器は、朝は我が顔を洗い、夕飯になればすき焼き鍋に変身して飢えから守り、寝る前には我が身を清めることができた。下宿の必需品、これを文化鍋と言わずして何と呼ぶのであろうか」

先生の力の入った演説に皆パチパチと拍手し、大笑いの歓声が飛ぶ。

「弥生時代の土器は割れにくくなってきたが、まだ下宿の洗面器には及ばない。煮炊き、水がめと用途は一つだけ。この頃に土偶が出てきて、主に東日本。まあ、原始宗教の所産でしょう。これは写実的で女性を象徴したもので……どこが女性か？　それは君たちならよく考えれば分かるはずです」

爆笑の渦。私は一緒になって笑っていたが……下宿の洗面器、ぇぇっ？　下宿？　そうだ、下宿だ！

私はこの瞬間、世にも素晴らしいことがあると分かった。「下宿」だ。

この漢字二文字が目に飛び込んできた時は、脳の中にカーッとしびれるものがあった。そうだ、大学生になって下宿すればいいんだ！　その感動的発見は、自殺をしなくてもいいし、不良少女にならずともすみ、家出とも違う、姉たちの顔を見なくてすむ生活なのだ。姉たちを見ないですむ空間がある、そう考えただけで、あまりにも嬉しすぎて、幸せすぎて走り回りたくなる思いだった。

姉の家の間借りなんかじゃない、絵に描いた餅でもない、夢でもない、もうすぐ実現する息のできる生活……。踊り出したいような浮かれた気分だ。羽を伸ばして大の字になって寝たいなあー。無数に浮かぶ夢を見ていた。暴力なんてされるのも見るのも嫌だ。逃げ出すんだ、逃げ出そう！「下宿」という文字を見ただけで、我れを忘れて喜んでいた。

あたかも仇討ちに行く兵士が、まさにときの声を上げようとしているかのようであった。

「江上君は、将来何になりたいですか？」

高校の担任の先生の決まりきった質問に、私は脳天をブン殴られたようにまっ白になった。迂闊にも、私はこの歳になるまで将来何になるかなどと考えたことはなかったのだ。頭の中では、小学生の次は中学生、次は高校生、次は大学生と、一本のレールになった図式が出来上がっていた。もしかしたら、当たり前に大学生にしてもらえると思っていたのかもしれない。一番大切なことを忘れていた。

さすがに、胸の内を正直に「下宿したいから大学へ行くんです」と答えては不届き千万であろう。戸惑っている私に、先生は質問をたたみかけてくる。

「文科系ですか？　理科系が好きですか？　お家の方とよく相談して早く決めるといいですよ」

下宿することしか頭になかった私は答えよどんで、礼をして早々に立ち去った。恥ずかしかった。

でも、「将来何になるんですか？」の質問ぐらいで、あれほどびっくりしなくてもよかったのに。何か答えておけばよかった。今頃になって冷静になっていた。身の丈は人並み以上に育っていたのに、まだまだ大人になりきっていない幼稚なところを持っていた。でも、体と心はちぐはぐしているが、今までよりも熱い思いを持つ自分がそこにいた。「下宿するんだ！　是が非でも！」

まずは大学生にならなくてはならない。

しかし、間違った目印と闇雲の意気込みは空回りし、なかなか歯車は噛み合わない。知識はもちろんのこと、目的意識がはっきりしている人に勝てるはずもなく、大勢の受験生に混じって雰囲気に呑まれ、試験は惨憺《さんたん》たるものであったが、収容力寛大な大学側は、なんと私の入学を許可したのである。

この瞬間、合格通知に身も心も喜び勇んで飛び付いた。天の恵みのような栄えある合格通知は、姉と別れられる幸福の切符のようなものだった。もう恐いものはない。目が輝き、地を踏む足に力が漲った。

幸せを掴むためには、まだやらなければならないことが山積みされていた。まず母を説得しなければならない。

「下宿シテモイイ？　佐久間ノ家ジャナイトコロへ」

このメモを見せると、母は不意を打たれたようにびっくりして、一瞬固まってしまった。

「だって、温っちゃん、口が不自由なんだから、他のところは無理じゃないの？」

母は恐る恐る、私の顔色を窺うように及び腰だった。そんなことは私にも分かっていた。何かあった時に電話が使えないからだ。もう一度同じメモを見せる。

「なんで佐久間の家じゃいけないの？」

「ナンデ佐久間ノ家ナライイノ？」

「だって、慣れてるし、みんな知ってる人たちだから安心できるのよ。今さら口がきけませんなんて説明しなくてもすむじゃない。余計な恥かかなくてもすむのよ」

「ハジ？」

「よく考えてみて、わざわざ人に口きけませんなんて言わなくてもいいのよ。知ってる人のところがいいのよぉ」

「ナゼ？」

私はアンケートの回答のようなメモで、強硬な態度を崩さずに応戦していた。メモでしか話せなかったから、今までは反対とか要求をあまりしたことがなかったので、母は面食らったのだ。

「あははっはっ！　何、生意気言ってるのよ。無理、無理よッ。ここから通えばいいのよ、ここから。みんな通っているんだからッ。唖だって忘れたの？」

姉が嘲り笑った。

姉が参戦し出すとややこしい。「あなたのせいで唖になりました」と最後だから反撃してやりたかった。これで最後だから。

よくまあ晴れ晴れと「唖」などと私にぶっつけられるものだ。脳みそのでき具合を覗いてみたいものだ。

次の日も、またその次の日も、母だけがいるチャンスを狙う。「舌噛んでやる」、「家出する」と脅かす、また泣きの戦術を使う。これらはことごとく失敗した。脅かしても真に迫っておらず、泣きたくもないのに泣いても見抜かれ、ウフッと笑われるだけだった。そんな母には具体案が効果的だった。

「オ母サマ、島木先生ニ、『温子ガ大学ニ合格シマシタカラ、ソバニ下宿サセテクダサイ。温子ハ口ガキケマセン』ト手紙ニ書イテ」

しばらく考えていた母はこのメモに根負けして、ようやく折れたのだ。

「そうね、温っちゃん、今まで何にも欲しいもの言わなかったものね。こんなに頑固に言い張るんだから、よほどのことなのねぇ」

なんだか寂しそうに、ポツンと言葉を落とした。

「アリガトウ、オ母サマ」

心からそう書いた。母が大きく母らしく、私の母になった気がした。生き抜こうとする闘志が湧き出てくる。心の力だ。姉から一生逃げ切ってやるんだ。自信が込み上げてきた。


高校を卒業すると、私は母に連れられて、谷中にある島木先生のお宅に伺った。島木のおば様は久々に私と母の顔を見て、懐かしそうに優しく迎え入れてくれた。

「私どもは温っちゃんが来てくれるって大喜びしてますのよ。主人なんか娘ができたって、もうそれは……。どうぞご安心くださいませね。温っちゃんが僕のこと指名してくれたって、もう喜んで……ねぇ。私どもは娘が欲しくてしようがありませんでしたのに、女の子は生まれませんで、誠一人なんです。……えっ、誠？　誠は彫刻をやっておりますのよ。夜昼あべこべの生活をしてまして、困ったものです。夜起きて彫刻刀研ぎ出すんですからねぇ。静かなところで、シュシュシュって気味が悪いったらありゃしませんのよ。それにお爺さんばっかり作って……」

三人で明るく豊かに笑い合い、おば様の人情の温かさに安心して、母は帰っていった。

私はいよいよ目論見どおりになったと、心密かに喜んでいた。

島木先生とは、私が小学生の時以来の再会だった。もし父が生きていればこんな風かもしれないと、先生に父をだぶらせた。チャキチャキの江戸っ子で、言葉がリズミカルで素敵だ。ほがらかに笑いながら、冗談まじりの話が次から次へと躍り出てくる。私は満面の笑みを浮かべて、体ごと弾んでいた。

「温っちゃんかあ、懐かしいねぇ。背が高いねぇ、ほうー、江上そっくりだ。江上も背が高かったんだよ。もう、そうか、大学生か、早いもんだねぇ。お父さん亡くなって何年になるの？　……そう、十三年になるか……早いね、あっという間だったよねぇ。江上は勉強好きで優秀な奴だったんだよ。飛び級して、僕らの学年に入ってきてさ、一番先に学位取ったんだ。学位も一番先、死ぬのも一番先。なんでもかんでも慌てて、逝っちまったんだよなあ。そうそう、卒業の時は銀時計を貰って。ねぇ、温っちゃん、銀時計見たことある？　ないの？　……そうか、ところで、お姉さんはいくつになったの？　……ほう、二十三歳になったの。ふーん、結婚したのかあ、そう、それはよかった。江上はずいぶんな金持ちのボンボンで、いつも革靴履いて、洋服着ちゃって、それも三つ揃え。おしゃれだったよ。でも酒はまるっきりだめ。全然飲めなかったね。歌も下手。なんだっけ、そうそう、『会津磐梯山』しか聞いたことなかったもんなぁ。いつもそれ。でもね、飲み会にはいつも後ろからついてきてさぁ、……そりゃそうさ、酒飲めないもの後ろからよ。決まって金払ってくれたんだ。僕なんかさぁ、床屋代まで払ってもらったことがあるんだ。そういえばラケット持ってたことあったから、『おい、テニスできるのか？』って聞いたら、上手だって言うんだ。なあに、やってるとこ見たら、はねつきみたいなもんだった。……そう、彼、ボート部だったんだよ。温っちゃん知ってる？　……そう、知ってるの、よかった。うちの大学、ボート部だけは強かったんだ。だって、他の大学ボート部あるとこ少ないもん、そりゃ強いよねぇ」

あまりにも遠いところにいる憧れの父の実像がほんのりと現れてきた。

改まって、先生は私の目を覗き込んで優しく話しかけてくれた。

「声が出ない訳、書いてみる？　ゆっくりでいいよ。書きたくなったらでいいけど」

この時こそ、私はずっと首を長くして待っていたのかもしれない。姉の記憶を引きずり出す時がやってきた。地獄に太いロープがゆっくり降りてきて、天国へ召される時が来たのだ。

書けるものであれば、初めから終わりまで、隅から隅まで全部書いてみたい。本当は年頃の娘でなかったなら素っ裸になって、頭、首、手、指、腕、肩、背中、足にある傷を一つ一つ、指で指しながら紙に書いて説明したかった。今までの恨みつらみを書き尽くし、肩から恨みという重しを下ろしたかった。書きたいことがありすぎて一度に吐き出せない。姉の頭の天辺からつま先まで憎んでいたから、この時とばかりに訴えてやりたかった。どうせ、「何のこと？　してないわ」と、うすらとぼけるに違いないずるい姉を暴くチャンスだ。今だ、今しかない。

分かっていても銀時計を貰ったという父の顔に泥を塗るような気がしてできなかった。ためらっていた。そんな自分の不甲斐なさにも腹が立っていた。姉に謝って欲しいだけなのだ。一言だけでいい。私は許したくて待っているのだから。

何も書けず、下を向いてもじもじしていた。天国へのロープが太すぎて摑みきれなかった。

先生は私の肩にごく自然に手を置いて、

「書きたくなったら、書いてね」

と言った。精神科医の島木先生は、この時、私の声が戻ると簡単に言わなかった。

「悲しくなることは、しない方がいいよ」

それだけ言ってくださった。

島木のおば様も優しい人だった。私を「温っちゃん」と呼び、本当の母親のように接してくれたのだ。もちろん先生も、誠さんも、「温《あつ》」とか「おん」とか「温っちゃん」と、ごちゃまぜに呼んでかわいがってくれた。先生は芸大に通う誠さんを「大工」と呼んでみんなを笑わせていた。彫刻家だ。

幸せが足音を立てて弾みながら近付いてきている。私はその音をこの耳で確実に聞き取っていた。降りしきる雨も、嵐も、暑く照り付ける太陽さえも味方のような気がしていた。幼い頃にすっかり忘れていた生きる楽しさを、私は手のひらに取り戻しつつあった。


谷中にある島木先生のお宅と私の下宿は、細い路地を挟んで並んでいた。下宿の西側の窓を開けると、先生宅の二階の窓がある。その窓と窓で、路地を挟んで連絡を取っていた。「買い物へ行こう！」、「すきやきだ、来い！」、「雨降ってるよ」私からの返事は、両手で作る○や×だ。たいてい私がサンダルをつっかけてすぐに駆けていった。

憧れの下宿に入ってその直後、耳に覚えのある、あの音が心で鳴り響いた。

「ドドスコドンドン、ドドスコドン、ドドスコドンドン、ドドスコドン……ドドドドーパァアラードドン」

「あっ!」と思わず床に平伏し、額を床にこすり付け、泣き出した。起き上がることもできないほどだった。何が悲しいのか、どうしてこんなに涙が噴き出すのかも分からない。

明らかにある強い衝撃があった。それは懐かしい音だった。子供の頃に毎日聞いていたあの音が心で鳴り響いたのだ。

私は、黙って学校に通い、無意味に物を食べ、無意味に生きていただけだと思っていた。故郷には何の足跡も残して来なかったと思っていた。

違う、はっきりと足跡をつけて、それもちゃあんとこの耳の中に持ってきた。たった一人で逃げてきたと思っていたのに、音がついてきてくれた。音だけで十分です。

怖くて怖くてしょうがなく、うずくまっていた子供の頃に聴いた音と一緒にいる。

なんて素敵なことでしょう、とってもきれいな音でした。

まぎれもなく竹田の町で過ごしたんだ、耐えたんだ、生きたんだと、この時はっきりと意識した。ずっと生まれてきたことを恨み、恨んだはずの人生が、今聞いた音によってとても素晴らしいものに思えてきた。辛くだめな幼い頃を過ごしてきた自分が愛しくみえてきて、故郷があることが嬉しかった。


谷中はお寺がとても多い。朝夕どこからともなく鐘の音が響いてくる。それまで、お寺の鐘の音は同じ「ゴーン」だと思っていた。「ピンピン」とか「ジャンジャン」などと鳴る鐘があるのを初めて知った。寺々から聞こえる鐘の音は、細部にいたるまで緻密な神経が行き届き、洗練された音がするのに感心した。

とにかく猫がいっぱいいる。陽だまりで毛づくろいをする猫、自分の長さより長々と伸びてのんびり寝そべる猫。下宿に帰ると必ず、「おかえりなさい」とばかりにニャーと寄ってくる猫がいた。同じ猫だ。

この猫は煮干は食べなかった。あげてもツンと顔をそむける。カワハギがお気に入りで、袋からガサガサと出すと、甘えた声でニャーンと鳴き、目が生き返る。喉をさするとゴロゴロ鳴らし、帰り支度をする。猫って正直なんだ、自分で飼い主を探せるんだ、いいなあー。それに挨拶する声も持っているのかと、羨ましくなった。私は猫以下なのか。

いつの間にか、私もこの猫を待つようになった。大雨や台風の日には、「あぁ、今日は会えないじゃない」と雨の止むのを待っていた。時々、りぼんの色を変えてくる。私は浮気相手といったところなのだろう。

考えてみれば、この猫が新たに作った初めての友達だったかもしれない。

「温の声ってどんな声かなあー。白雪姫みたいな声で喋るのかな。きっとそうだよ」

島木先生が慈しむようにそっと肩を抱いてくれた。そういえばもう昔の声も思い出せなかった。まるで言葉を忘れてしまったかのように、私はあの日以来一言も口をきいていなかった。

谷中から根津に向かうと、木造の民家が点在している。閑静な住宅街だ。学校帰りには、魚の焼ける匂いや、何ともいえないお味噌汁の香りがぷーんと漂ってくる。大好きな日本の香りだ。

最寄りの駅は上野。坂を上って十字路を左に曲がると和菓子屋さんがあった。ここではよく鯛焼きを買って帰った。餡が尾まで詰まっていて、一匹五円だった。おば様と熱いお茶をいれて食べ、それがほんのり温かいと、「あったかいね」と顔を寄せ合って微笑んだ。次は違うお菓子にしようと思っても、おば様のほほ笑みが目に浮かんで、いつもつい鯛焼きを注文してしまっていた。

三四郎池に行ったり、桜の咲き誇る頃には、歩き回りすぎて迷子にもなった。「スミマセン、谷中ハドッチデスカ?」とメモを見せて道を尋ねると、たいていの人はメモ用紙にびっくりするらしかったが、訳を呑み込むと道を指で指し示し、ついておいでよとばかり親切に教えてくれる。あるいは掃除の箒《ほうき》をバタンと道にほっぽらかして、自分は分からないからと人に聞き回ってでも道案内してくれた人もいた。みんな親切だった。一度たりとも口がきけないことを蔑まれたことはなかった。東京っていいなあと思う瞬間だった。

動物園にも行ってみた。檻の中をよく見ていると、猿にも過保護の母親と放任の母親がいるのには驚いた。放任主義の親の子供は強かった。麻袋のおもちゃを弱い子から力ずくで奪い、ゆうゆうと袋の中に入った。私の母は、いったいどっちなのだろう。でも、どの子も母親の胸にすぐにしがみ付く。「お母さん」の胸は温かいのだろう。私もちょうど同じ格好をして八重さんに抱っこしてもらった覚えがある。無性に八重さんに会いたくなった。

里子さんにも会いに行った。

「温っちゃん、太ったねぇ」

開口一番の挨拶だった。もう嬉しくて嬉しくて、抱き合い、笑い合った。

生まれたばかりの赤ちゃんを初めて抱っこした。その感動は、まさに心の振動だった。こんなに小さいのに、息をする、目を開ける、手を動かす、欠伸《あくび》までする。この、小さいけれど温かくどっしりと重いものが、愛しくてせつなくて、私を虜《とりこ》にして離さなかった。この魅力は何なのだろう。汚れのない無垢《むく》なかわいらしさなのかもしれない。

私にもこんな時があったのだろうか。今の私は姉を憎む心だけを持つ貧弱な人間になっている。なんと悲しいことだろう。今からでも、赤ちゃんの心に戻れるものなら戻りたい。

「爪、ヒトツズツ付イテルネ」

「当たり前よぉ、爪がなかったら困るじゃない。温っちゃん、あとから生えてくると思ってたの?」

里子さんは笑い転げた。私も一緒に笑っていた。

「コノ子、外人サンミタイニ鼻ガ高イネ」

「ふーん、そうかなぁ。……そうね」

また二人で大笑いした。とにかく何でもおかしくてしようがないのだ。

赤ちゃんは、わずか百ccほどのミルクを、汗だくで力いっぱい、全身が口になったかのようにゆっくり飲んでいた。私なら一口か二口で飲んでしまえる量だ。だから守ってやらなければならないのだろう。

名残惜しかったが、ご主人の落語をきっと聞きに行くと約束して、里子さんの家をあとにした。

島木家も笑いが絶えない家だった。先生が帰ってきただけで家中散らかってしまうが、パアーッと明るくなった。

先生は帰ってくると、まず玄関で靴を放り、背広を次々に脱ぎ、ネクタイを外して放り投げ、Ｙシャツを置き、靴下をばらばらに投げる。さらに水を飛ばしながら手を洗い、ガラガラと大きな音を立ててうがいをする。おば様と目と目で笑い合い、おば様がそっと耳元で囁く。

「ねえ、大きいいたずらっ子が帰ってきたでしょ」

私は、温かな家庭の味を身に沁みて味わっていた。生まれて初めて。

家の中に笑いがあるのは気分をほっとさせ、和やかな雰囲気を醸《かも》し出す。まるで宝石で作った家に住んでいるみたいだ。笑いは財産だ。

どんなに優しいお手伝いさんを雇っても、またどんなに物分かりのいい雇い主がいたとしても、この家庭の味は決して生まれてこない。

一つの家の中に、人を使う者と使われる者が同居することは難しい思いが生じてくるからだ。

二者の思いが相反するから理解し合うことはできないであろう。人に頼むのも心苦しい時があるし、家の主人としてはいつも見張られている気分になっている人も少なくない。お手伝いさんの立場を理解する人も少ないだろう。命令する言葉を聞いてしまうと緊張が走るし、些細なことで叱りつけられたり、八つ当たりされると最低な雰囲気になる。ましてや、いじめる者が家にいる江上の家など議論する余地はない。

ある日おば様に、寄席に連れていって欲しいとお願いしてみた。いつも遠慮がちでおどおどしている私の頼みを、ことのほか喜んでくれた。

「温っちゃん、行こう、行きましょうよ。朝からずっと、一日中笑っていましょうよ」

この優しさが嬉しかった。

休みの日にはおば様とよく松坂屋まで出かけた。デパートの中を歩くというだけで心が晴れた。センスよくものが並べられ、買い物心をくすぐる。

「ねえ、温っちゃん、もうお化粧してもいいんでしょう？　お化粧道具、買っていきましょうよ」

思いもかけない言葉だった。

私もお化粧していいのか、お化粧？　私の頭の中に「お化粧」の文字がなかったのだ。どうしていいのか分からない。恥ずかしいやら嬉しいやら、もじもじして困っている私の顔に、店員さんが口紅を塗ってくれた。心がときめくと言うが、ただくすぐったいだけだった。でも身がキュッと引き締まる感じがした。お化粧の力はすごいものだ。

「温っちゃん、いいわ、その方がいい。これから学校に行く時は、口紅ぐらい付けていくのよ。毎日ずっとよ」

これからずっとお化粧をしてもいいという。お化粧なら声はいらないからすぐできると思った。とにかく嬉しかった。まだこの時は、お化粧ほど面倒なものはないと知らなかったから、心の中で感激の花吹雪が舞って、一緒に踊っていた。


けれど甘え方を知らない私は、この親切と温かさにどうしたらいいのか、どう感謝の気持ちを表したらいいのか途方にくれていた。いつもまごまごしていた。またこの恩をどうしたら返せるのか、いつ返せるのかと案じていた。

あまりにありがたすぎて、あまりにも嬉しすぎて、紙に「アリガトウ」しか書けないのが心苦しかった。

「父トイルミタイデ、嬉シスギマス。ゴ恩返シガデキルカ、心配デス」

このメモを見るなりいつも陽気な先生は驚いた顔をし、心なしか瞳が潤んできた。

「僕はお父さんだろう？　そうでいいんだろう？　父親だと思いなさいよ。ダディってところかな、そう思えば気兼ねなんかしないですむでしょ。温っちゃんが、たくさんいるお父さんの友達の中から僕を選んでくれたんだ。ダディが嬉しかったよ。人の世話ができるということは、実に嬉しい名誉なことなんだよ。僕って満更でもないなぁって思えるんだ。娘ができたんだ、それもこんなにかわいく大きくなってさぁ、僕のところに戻ってきたんだ。それだけで嬉しいんだ、本当だよ」

「イツカ必ズ、親孝行サセテクダサイ」

「はいはい、分かりました。せいぜい楽しみに待ってましょう。……だけどね温っちゃん、僕は親孝行には一つの思いがあるんだ。年取って働けなくなったら小遣いを渡して、惚《ぼ》けたらオシメ取り替えて、死んだら墓参りをする。これも立派な親孝行に違いない。これだって誰にでもできることじゃないからね。でもね、本当の親孝行はそんなちっぽけなことじゃないと思うんだ。それはね、温っちゃんがいつも楽しいよって、にこにこ笑って元気でいてくれるだけでいいんだ。その喜ぶ娘の顔が見れる。こんな幸せはたとえお金を出したって買えないし、どこかに探しに行ったって見つかるもんじゃない。立派な墓を建てて守ることなんかじゃなくて、いかに自分が生きたかを親に見せ、いっしょに喜び合うことだろう。やがてだよ……温っちゃんが結婚して子供が産まれて、孫を連れてこの家にやってきて、おじいちゃん、おばあちゃんって呼んで、こんなボロ屋壊れちゃうぐらい孫が走り回って……賑やかにしてくれればいいなぁ。時には、ほっぺにチュなんかしてさ。……でも、必ずしてもらいたいことは、このダディよりも二人の母さんよりも絶対にだよ。絶対長生きして欲しいんだ。それがこの呑気な父さんのお願いだよ。なんだか温っちゃんを泣かせちゃったかなぁ」

心は感謝の気持ちでいっぱいで、涙がとめどなく溢れてきて、思わずおば様の膝に顔をうずめた。おば様の手が愛しむように私の背中をなでてくれて、ポタポタと冷たいものが背中に落ちてきた。おば様も泣いているんだなと分かった。

本当に親だと思える人が見つかり、親孝行できるんだという意気込みに燃えることが何より嬉しかった。何でもするつもりだ。

悲しいことだが、私はこれまで母に親孝行をしなければならないと思い浮かべたことがなかった。下宿に送られてくる母からの手紙を見るといつもがっかりしてしまい、「あらーっ」と落ち込むと親孝行の観念が吹き飛んでしまっていたからだ。用事を頼んでも返事がまともに返ってこなかった。

平安時代に戻って、いにしえのポストから投函したような流れる文章に母心の温かさを読み取ることは難しかった。それも実の娘に送る手紙なのに気取っていて、気持ちが込められていないのだ。

思わず頬擦りしたくなるような感情が襲ってこなかったから、この母のために身も心も粉にして尽くさなければならないと脳裏に映らなかったのだ。

頼んだことの返事はどうしたのか、聞き返したくなる。たとえ断りの手紙でも叱咤《しった》でもいいのだ、気持ちが分かればいい。そして、この母に頼んだ自分を責め、反省する。「ごきげん麗しく存じます」、「夕日が虹色のかなたに落ちてゆきます」、「文化祭でございますか。どうぞごゆるりとお楽しみくださいませ」、「おめもじよろしく……」上品か何か知らないが、上っ面の霞をすくった無味の心が見えて寂しさに冷たさも加わって悲しかった。この母はどんな空気を吸っているのだろう。

「温、ちょっと来い！」

誠さんが窓から叫んでいる。何かなと思ったが、両手で○を作りサンダルの音を響かせて駆けていった。

テーブルの真ん中に大きなケーキが殿と置いてある。ケーキ？

「おめでとう！　温っちゃん、あなた今日お誕生日でしょ。ごめんなさいねぇ、温っちゃん十九歳になったのに、このおばさんろうそく頼むの忘れちゃったのよ。箱に四本入ってたから、まあ四歳ってことにしていただいて……」

みんなで大笑いした。

そうか、十九歳になったのか……と思う間もなく、

『あ・り・が・と・う』

何年待っていただろうか、何度父に、神に、仏にお願いしてきただろう。声が出たのだ。

声だ。

肺からため息を押し出したような震えた低い声が出た。

みな総立ち。

おば様と誠さんも涙を流し、私まで声を上げて泣いた。嬉し涙だ。これほど美しい涙が今までにあっただろうか。

先生が徐《おもむろ》に話してくれた。

「もう大丈夫だよ。自信を持てよ、温。嫌なことは忘れればいい、言いたいことはど

んどん言えばいい。温、やりたいことはないかい？　何でも協力するよ。もっと胸に飛び込んでこいよ、だって、僕は温の父さんになったんだから」

父は生きていた。

なんと力強く勇気付けられる言葉だろうか。何の見返りも要求しない無償の愛。それも、ずっと昔に死んだ友達の娘だという、たったそれだけで。


九年ぶりに自分の声を聞いた。だが、次の声はまた喉の奥深くしまい込まれ、その日も次の日も、待っても待っても出てはこなかった。

今度は自分自身が焦り出した。確かに、「ありがとう」って言えたのに……。かえって空気を噛む虚しさを思い出してしまった。

一回出たんだから、何か言ってみよう。ここで「はい」と言えばいい。「いただきます」と言ってみよう。それとも「おはよう」にしようか。何かの拍子に動作と言葉が結びつかないものかと切望し過ぎていた。

おば様も私の次の声を待っているのか、毎日ケーキを買ってきてくれた。食べ終わると固唾を呑んでその瞬間が来るのを待ちわびる様子が、手に取るように分かった。

声がないのを知ると素知らぬふりを見せる。こんな時、私はみんなにこんなにも愛されているのかと痛いほど知って、もったいなく思った。

　思うようにならないもどかしさに、身をよじって泣きたかった。焦っていた。申し訳なくて、負い目に感じ始めてしまった。

「そう簡単に出やしないさ、気楽にいこうよ。でものんびり待ってりゃ、必ず出るよ」

　呑気に言って安心させて、でもその目を見れば、先生も手に汗握って待っているのが分かり過ぎるくらいに分かった。

　やっぱり、もう私の喉に声は残ってないんだ。頭も声を作ることを忘れている。もう諦めようっと。電話がなんだ。討論がどうした。英会話？　そんなの聞ければいいじゃないか。やけっぱち状態に陥った。

　布団に潜って、「おやすみなさい」と自然に言っている私がいた。飛び跳ね起きた。真夜中なのに駆けていってみんなに報告したい衝動が体中を駆け巡り、抑えるのに一苦労した。

　柔らかな声だった。改めて、これが長年待っていた私の声なのかと、一人感慨にふけっていた。

翌朝、声が出るかどうか、また出なくなってやしないかと、心配のあまり発声もできなかった。ビクビクドキドキソワソワで、はたから見たらおかしいくらい困惑していただろう。

まだ舌がもつれて、コカコーラが「コワオーワ」となったりしてうまくは喋れなかったが、それでも手応え十分だった。ほっと胸をなで下ろした。

「そうだよ、温、ほっとすることがいいんだよ。焦るな、少しずつ」

先生が励ましてくれた。

すぐに滑らかに喋れると思った言葉は紆余《うよ》曲折し、結局きちんと単語が発音できるまでにはかなりの時間がかかった。また、長年黙っていたので会話のタイミングが難しく、返事をするところで黙っていたり、質問するところでついメモ用紙を取り出してしまって不審がられたりしていた。

けれど、話ができるというだけでこんなにも世の中が広くなり、みんなの輪の中にも入れて、たとえ黙って座っていても平気なんだということには感動した。メモを書かなくてすむというだけでもとても楽だ。

私は改めて過去の辛さを思い返し、優しく接してくれた人たちに心から感謝した。

「声が出たよ！」と、空を飛んでみんなに教えてあげたい気がした。

喋れるようになって初めてしたことは、島木家の江戸っ子訛りを直すことだった。

「あら、おじ様、違うわ。しこうき、じゃないわ、ひこうきよ。しらしらじゃないの、ひらひらよ」

「そう言ってるよ」

「言ってないわ。もう一度言ってみて」

前からおかしいなと思ってはいたが、聞き流しておいたのだ。私は声を貰ったので、急遽訛りのある発音の先生に成り上がった。「額」と「死体」、田舎者の私には聞き分けかねる。

「へぇー、私もそう言ってる？」

おば様までが身を乗り出して聞いてくる。

訛りのある人間が江戸っ子に発音を教えるとは思ってもいなかった。毎日爆笑の連続だった。

もう一つ、やらなければならないことがあった。命の恩人である佐久間のおじ様にお礼を言うことだった。電話をした。それも会社にだ。

「えっ、温っちゃんかい？　声、出るんかい？　よかったなあ……。そりゃあよかった。いつから？　……そう、島木うまく仕事したなぁ。……温っちゃん、それじゃあお祝いしようよ」

「嬉しいわ」

「めしでも食うかい？　中華、ビフテキ、寿司、何でも言いなよ」

「中華がいいな。……できれば、おじ様と二人だけがいいの」

「うん、よし。……ええと……。夕方六時、プリンスホテルの、えーっと玄関に向かって右、ちょっと地下の中華にしようや」

「ちょっと地下？」

「階段一階は下りないんだ、行ってみると分かるよ。なだらかな廊下を歩く感じかな。ちょっと地下だよ」

私は六時まで待てなかった。早く会いたくて、気持が高揚して早く着いて門番みたいにホテルの玄関に立ちながら、今か今かと待っていた。初めてだろうか、おじ様と二人っきりになるのは。

　おじ様がタクシーを降りてきたところを、恥も外聞もなく、「おじ様ぁ」と叫んで飛び付いていった。おじ様も、「おお、温っちゃんだぁ。そうか、そうか」などと言って飛び付かれたのを、満更でもない様子で相変わらず日焼けした優しい顔を向け、私の肩を軽く抱いてくれた。

「何から頼もうか、温っちゃん」

「くらげがいいな」

「うん、よし、くらげ……適当に注文するか。えっとまずはお酒でしょ」

　二人はビールとウーロン茶で乾杯したのだ。

「そうか、よかったなぁ、声が出て。うまく家を抜け出してよかったよ。島木のところの方がいいよ。……うちじゃあ、マヌケばあさん二人、まだ喧嘩してんだよ、弱っちゃってんだ。隆夫もヨタコウで嫁の言いなりになりやがって……」

「おじ様、本当にそう思ってくださっているの？　抜け出してよかったって。恩を仇で返すって言われるかと、心配してたわ」

「うん、本当さ。それが温っちゃんの実力だって思ってるよ」

「実力？　でも嬉しいわ、そう言っていただいて、気持ちが楽になったわ」

「ああ、そうさ、実力だろう。あのままだったら力発揮できないもの。だって、考えてみなさいよ、しがらみから離れたから声が戻ったんだよ。島木だからできたんだよ、きっと。あいつの話は面白いだろう。上手だよね。うーん、頭がいいよね、羨ましいよ。実に回転が速いね」

「私ね、父を亡くしたから、二人の父親に出会えたのよね。そう思ってるの」

「ああ、そうとも。……温っちゃん、食欲旺盛だね。よかったねえ、うんと召し上がれ。そうでなくちゃ。若いんだからよ。小さい頃は食べなくて困ったけど、何も心配しなくてよかったんだなぁ。はいはい、これもどうぞ……それとなあ、温っちゃんよ、一度言おうと思ってたことがあるんだけど……」

「なあに？　なんだか怖いわ。なあに」

「お母さんのことだけど……温っちゃんはお母さんを嫌いになってやしないかってさ。余計なことかもしれないけど、お母さんは昔の箱入りお嬢さんだったんだよ。江上が亡くなって、働いたり、時代が変わって、普通の人とも話さなくちゃやならなくなって、お母さんにとっては世界が百八十度も変わっちゃったんだよ。だから年中おたおたしてるように見えるけど、しょうがないのさ。周りを見てごらん、温っちゃんのお母さんくらいの年で大学出で、洗濯もしたことなかった人なんてあんまりいないだろう？　あれでもずいぶん我慢してると思うんだよ。人を疑ったこともないだろう。毎日ばあやに顔を洗ってもらって、服まで着せてもらって、学校への送り迎えもなんでもしてもらって、痒いところに手が届いていたのさ。深窓のご令嬢だったんだよ。本当は江上が生きてれば一番いいんだけど……だから、今度は温っちゃんが知力で守ってあげて欲しいんだ。あまり雰囲気は読めないけど、頭がいい人だよね。僕らはちゃんと分かっているんだ。温っちゃんも大学生になったんだから、許してあげて欲しいんだなぁ。お母さんも頑張っているんだからさ。……島木みたいにうまく言えないけど、人はやったことが全部うまくいくとは限らんもんさ。よかれと思ってやっても、身を滅ぼすことになったりねぇ。一寸先は闇って言うだろ。間違ってばっかり、あっちにぶつかり、こっちにぶつかり。だからさ、許してもらったり、許してあげたりするのが大事なのさ」

「……うーん、そうしたいのよねぇ。でも、深窓のご令嬢だから許せっていうのはちょっとねェ……。おじ様、私が母をあまり好きじゃないって、どうしてご存知なの？」

「僕は人を使っている人間だよ。見ればだいたい見当はつくさ。……でも、安心しなさい、お母さんは気が付いてないよ。気が付いたら直すだろう。賢い人なんだから」

「姉は？」

「涼子はかわいい奴だよねぇ、甘え上手で。ダンナとはうまくやってるのかい？」

「……ええ」

「そうだろうなあ、それならよかった。そういえば、このごろご飯食わせろって電話も来なくなったなあ。……温っちゃん、口直しにアイスクリームにする？　それともお茶がいいかい？」

私は姉が気が付いているのかどうか知りたかったのに、おじ様の感情の返事が返ってきた。もう聞き返す気力が萎えていた。

最後のこの言葉を聞かなかったら、この目の前のおじ様を永遠に父だと勘違いしていただろう。

人を何百人と使っている人でさえ涼子はかわいい奴だと言ってのけた。

今さらビクツクことは何もない。人は人の上に立った時、自信があればあるほど下の人を見抜けない。人の怖さが分からないのだろう。下の人は悲しいかな数時間ですべてを察知する。過去の歴史が教えてくれたものだ。

「母のことは忘れるわね。おじ様、今日はありがとう」

「また電話してね。じゃあー」

帰り道が寂しかった。でもおじ様は私の心の中で大切な恩人には変わらない。涼子を褒めたくらいで揺れ動くものではない。会えてよかった。


楽しいことばかり続いていた。世の中には悲しい人なんて一人もいないし、楽しいことだけがあるような気がしてきた。笑いが自然にこぼれてくる。特に幸せだと分かるのは、枕に涙の跡がないことだった。

しかし、姉は時々夢の中に現れて、まるで熊に遭遇したかのように絶体絶命に陥り、体中から冷や汗を噴き出して目を覚ましていた。

楽しい日々が続く一方で、私にも姉と同じ血が流れているのだと恐れていた。姉と同じというだけで嫌だった。そんな折、日本で初めての心臓移植手術が行なわれた。

「そんなことができるのか！」その驚きと感動でニュースに釘付けになった。心臓を取り替えることが可能なら、姉と同じ遺伝子を取り替えてもらうことはできないだろうか。ふとそう思った。心の中で明るい光を見た気がした。


学内で掲示板を見ていると、ゼミの先輩から不意に声をかけられた。

「歌声喫茶に行きませんか?」

丁寧な口調だった。どんなに冷静に構えてもデートの誘いというのは劇的であった。こんな私でも喜びは隠せないのに、喜んで連れて行ってくれとも、それかといって断る口実も見つからず、どっちにしていいのか困ってしまった。なかなか口を開かない愚図な女にしびれを切らし、再び声をかけ直した。

「映画の方がいいですか?」

「歌声喫茶の方がいいです」

首を傾げたように縮めて蚊のなくような声で答えた。私はこれまでデートなどはしたことなかったし、歌声喫茶などはもちろん行ったことはなかったので、見てみたかったのだ。その日は記念すべき、一人の殻に長年閉じこもっていた、私の啓蟄《けいちつ》そのものになった。奇妙なくらい何もかも初めてのものだらけだった。

喫茶とは名ばかりで、辺りの気配を窺うと、気付かなかったが、ほとんどがカップルで、当たり前のように腕を組み寄り添い妖艶の湯気が立ち上っているところであった。

彼がそうっと手を握ってきた。拒む理由がある訳でもなく、タカに捉えられたウサギのようにじっとしていた。悪くない気持ちだ。紛れもなく、今初めて私は男の人と手を握っているのだ、脂汗《あぶら》がジトーッと流れる。紳士的な彼は私が手をはらえば、手を離すことは分かっていた。でも冷静で落ち着いている私に、自分で意外な気さえしていた。舞台の上で、

「さあ、ご一緒に、ハイ、どうぞ……」

と何か歌っている。うるさいとしか思えない、気持ちは別世界を漂っていた。

「飯でも食いますか?」

儀礼的に彼はデートの締めくくりとして、一人で喋ってレストランにずんずん入って行った。黙って、もじもじしている私の性格を知ってか、勝手にビーフステーキのミディアムを注文し、グラスワイン、デザートはアイスクリームと決め込んだ。彼は将来の夢を熱く語り、いかに自分は頭脳明晰でテニスがうまく、出世頭であるかをと

うとうと吹聴し出したのである。

「ぼくの知能指数は日本一だったんだ。こんな高いＩＱは見たことないって驚かれちゃって……」

「ボールは上まで上がらないうちに打ち返す、そうすると相手は調子が狂ってぼくの球は絶対に打てない……」

いちゃもんをつける筋合いではないのに、思わずぷっと吹いて目が回った。オマエは世界一か、心の中でクスクス笑っていた。彼女にしてもらうには完全に失格だった。彼とは人種が違う気がする。

また、お肉を縦横斜めのメチャクチャに切り刻み、右手にフォークを持ち替えて、自慢話を合いの手に豪快に食べていた。おかげ様で、初デートの私は美味しくいただけました。弁舌なめらかに自分の自慢だけじゃ飽き足らず、家族中の自慢も付録に付け足し、いつ果てるとも知れない終了合図を待っていた。デートとはこんなにも疲労困憊《こんぱい》するものかとうんざりした。

別れ際に彼は蜂の一刺しをした。

「君は愛に飢えてるね」

精根尽き果て、ふにゃっと腰が砕けた。たった一言で見事に、私の過去を図星に言い当てていた。瞬間嫌われたと思った。

誠さんの彫刻を毎日見ていた。

なんの変哲もない丸太が少しずつ命が与えられると、ある日突然厳しい爺やになって現れ出す。またある時は、木の切れ端が踊る子供に、空に手を広げる少女に、考え込む老人に創造される。私は胸をうたれその感動の虜になった。

静けさの中にきめ細やかに感情が盛り込まれる。雑念を打ち消す真剣な眼差しは見ているだけで陶酔する。

そんな影響もあってか、私はいつしか絵画を見て回るようになっていた。上野には大きな美術館があったし、ちょっと銀座まで足を延ばせば画廊だらけだった。絵を見ると心が落ち着き、ある時は心が躍った。

「油絵、描いてみたいな」

知らず知らず無謀なことを口にしていた。

「うん、面白いよ、描いてみなよ」

誠さんはことのほか喜び、乗り気になって「弟子第一号」の称号を与えてくれたが、実は私は中学校以来、絵筆も持ったことがないのだ。絵の具の混ぜ方にも理論などがあるとは知らなかった。これがイーゼルというのか、何度も見たことがあったのに名前さえ知らなかった自分が滑稽に思えてきた。

「徐々に分かってくるさ。絵は先天性バカが描くもんさ」

焦って描けない私を、誠さんは冗談を言って和ませてくれ、そして私は慣れないながらもだんだんと夢中になっていく。なんだか、もつれた糸がするするとほどけて、息を吹き返すようであった。理屈じゃない。やっと「堅牢な扉が開いた」

水色の猫が出来上がった。目は黄色、両手は左横。真面目に描いたのに、誠さんは思わず吹き出した。

「こんな真っ平らな猫いないだろう？　でも色のセンスはあるよ」

「やっぱりだめかしら」

ちょっとがっかりしたが、不出来の初めての猫の絵は、本箱の上に飾っておくことにした。かわいいのになぁ……。ピカソじゃあるまいし、初めからうまく描ける訳がない、絵は批判を気にすることなく描くもので、自分が絵を描き続けるかは好きか嫌いかで決めればいいのだと知った。

キャンバスに色を練り込み重ねていくと、自分だけの世界が広がる。こんなに楽しい世界があるなんて、想像したこともなかった。失敗したにもかかわらず、描きたくて描きたくて、ほとばしる力を抑えることができない。もう一度挑戦すると宣言した。

「うん、そうだよ、温。描けよ、慣れだよ」

誠さんがそう言ってくれた。ふと本箱の上を見ると、水色の猫がいた。自然に一人で爆笑したのだ。誠さんの言っている意味が今頃になってようやく分かったのだ。

画家とは特別に与えられた才能がある人で、遠い世界に住む人だと思っていた。楽しく苦しい物創りの世界は、まさに独創的な物であるから魅惑的感動を自分の心に残せればそれでいいのだ。人の心の表現である。今までに、私がこれ以上夢中になれたものはほかになかった。私が絵が気に入った理由は、人と人との比較や点数、差別、競争そんなものが存在しないところだった。いかに満足し、いかに表現するかにかかっている。

絵が時代を乗り越えて伝えられる美しさの極みはどんな時代になっても、人がどんなに変わろうとも、びくともしないものである。その上誰の目をも吸い付け、感動を与え続けるものであった。また何度見ても飽きず、再び同じ感動を与えられる不思議さが秘められている。そのものは必ず、命が吹き込まれているものだった。事務的にただ、上っ面の形を上手に真似し、心ない色を混ぜてスースーとキャンバスの上を絵筆が駆け回っても、目を持っている者には絵心を理解していないと一目瞭然に分かってしまうのである。語りかける心構え、楽しむ心、本当の姿をさらけ出す勇気がなくて豊かな生命感溢れる作品はできるはずがない。まるで子供を育てるように時間をかけ、手間をかけ大事に慈しみをもって描かれるものでなければならない。ただ学歴があるとか、過去に入選したことがある名誉などはすべて邪魔になる。儲けてやろう、入選してやろうなどと邪念を起こせば地に堕ちる。戦いや競争とは無縁の代物だから。空が青い。りんごが赤い——誰が決めたのだろう。そう、授業では優秀なものだ。みんな同じものを決められた曜日に時間内に描く。おかしな話だ。点数を付けるのはもってのほかだ。だってそうだろう、個々の顔が違っているように、心に浮かべるものが違うのが当たり前だ。同じ物を同時に描きたい訳がない。空が青く見えなくてもいい、自分が見える色で、気持ちが乗った時に楽しく描ければいい。そうすれば、手ずから画面に命が与えられるのだ。その命は長く輝いているだろう。どれが正解で、どれが間違いかなどというのは絶対にない世界だ。絵はたとえどんな巨匠であっても教え込むことはできない。教授することは、押し付けになりがちで、活きた芽を踏みつける恐れがあるからだ。

誰もが褒めそやす絵、世界一高価な絵が必ずしも好きな絵ではない時がある。絵こそ独創性そのものだからである。

「温の絵は生きてる、光ってるよ。何かに耐えてるって感じかな。耐えて強く立とうとしてる、我慢してじっと踏ん張ってるよ」

「踏ん張って耐えてる絵？　そうかしら」

「それでいいんだよ、それが特徴なんだから。温のブランドができたんだ。これは絶対、他の人に真似できない、温だけのものだから、大切にしなくっちゃ」

大切にするものが見つかった時だった。初めての猫から一年半が過ぎていた。

大学の授業も面白かったが、授業は与えられるものだが、絵を描くというのは自分で表現し、工夫する、楽しい悩みがある。一枚うまく描けても、次もうまくいくとは限らない。緊張の連続、そしてそこには予期せぬ発見もある。

私の頭の中はいっぱいの色や形で溢れ、いつも油絵のことばかり考えていた。油絵は私の恋人になった。学校から一目散に帰ってくる。学生運動も耳に入らない。

「時々感じるんだけど、温って結構強いところあるんだよね。これはいいところなんだからね。褒めたんだよ。絵に生きて減張《めりはり》になってるね。線が強い」

誠さんは、私と話す時は言葉の一つ一つに気を遣っていた。私を傷付けないように、一つ指摘したら必ず褒め言葉も付け足した。けなして傷付けて、私の声がまた出なくなりはしないかと案じたのだろう。

「そう？　線が強いの？　私ならもう大丈夫よ。声はなくならないから」

笑ってみせた。

絵を正しくけなされたくらいで、絶対に声などなくならない。いじめられた人の気持ちを理解し、正しい判断をしてくれる人がいて、世の中の針が正しく回っていれば、声などなくなるはずがないではないか。

大学生最後の夏休みだった。夏にしては爽やかな朝、熟睡中におば様に揺り起こされた。頭も体もまだぼんやりとしていて、一瞬、私はどこに寝たのだろうかとさえ思った。

「ねえ、温っちゃん……」

おば様は言葉に詰まって口ごもっている。

「温っちゃん、あのね……温っちゃんのね、お母さんが……お母さんが亡くなられたって……」

私はなんだかうわの空だった。

「ついてってあげようか？　温っちゃん、黒い服持ってるの？　ストッキングも黒なのよ」

「うん、ありがとう。黒……？　とにかく家に帰ってみるわ。一人で大丈夫よ」

雲の上を歩いているみたいだった。電車に飛び乗ってもまだ信じられなかった。認めたくなかったのだ。母に、「島木先生に手紙を書いてくれてありがとう」と言い忘れていたから悔しいのだ。せめて少しの時間でいい、私が着くまで「ありがとう」って言い終わるまででいいから死なないで。いや、絵葉書を送ってくれたばかりの人が死ぬはずがないわ……。錯乱状態だった。

こんなに慌てて家に帰ってきたのに、親戚より遅い到着だった。しかも死後二日で、通夜も終わっていた。

葬儀特有の黒一色の中に、喪主の姉がひときわ真珠の輝きを放ち真ん中に座り、まるで悲劇を演じる主演女優そのものであった。母の葬儀というより姉のお披露目式の雰囲気だ。

姉は遅れてきた私を一瞥したが、母の死を納得できていない私に死因も教えず、連絡の遅れも詫びなかった。

棺の小窓を開けると、母の顔が見えた。ちょっと目が開いていて、なんだか笑っているようにも見え、何か喋り出しそうでもあった。首に紫色の斑点がついていたが、お化粧が上手にしてあってきれいな顔であった。間違いなく母である。首元から見たことのない着物の襟が見え、プンと湿気た臭いが鼻を刺す。母の匂いはしなかった。

華やかな生い立ちの母は、一生の大半を過酷な境遇に置かれ、どんなに辛く寂しいものであったろう。深窓の令嬢だった母がたった一人で歩む茨の道は長かったであろうか。私は今までこの母のプライドを傷付け、満足させてやれなかった。詫びの気持ちでいっぱいになり、私はそっと母に話しかけた。

「ただいま、温っちゃんですよ。本当は急いで帰ってきたのよ。お母さまに会えて嬉しいわ。どうして死んじゃったの？　お母さまは今まで幸せだった？　何か温っちゃんに言っておきたいことや頼みたいことはなかった？　何でも叶えてあげるよ。……温っちゃんからもお願いしていい？　嘘でもいいから、温っちゃんはかわいい子だって言って。一度でいいから、嘘でいいから、嘘で十分だから……。温っちゃんが天国に着いた時、お母さまは一番先に、『あっ、温っちゃんだ』って温っちゃんを見つけてね」

慌しく係の人たちが駆け寄ってきて、棺の蓋が閉じられた。誰かが私の手に何かを握らせた。見ると黒緑色の小石だった。無言で棺に釘を打ち付けるように指図され、言われたとおり、辺りをきょろきょろ窺いながら無言で従った。

これが棺を閉めることなのか。母との別れであった。もう、過去の出来事など何とちっぽけなことだろうか。優しい母が戻ってきて、母に抱かれているような安らかな気持ちになっていた。姉の暴力や嘘に翻弄され、姉と一緒に母も嫌いになっていた自分を恥じた。油絵も一枚も見てもらってなかったし、「ありがとう」も言えなかったことを後悔した。五十五歳の若さであった。

葬儀の時、私は島木のおば様の喪服を着て参列していた。体型が合わない服はズルズル落ちてきて持って歩いていた。直方体の体に正方形の布を巻いた感じだ。喪服を着こなし凛と背筋を伸ばす姉と勇吉と並んで座っていた。この横にいる人は、私を蹴飛ばした姉だ。あの頃は私の倍ほども大きいと恐れていたが、今ここにいる姉は、背はおろか手までも小さい。こんなチビ女をどうしてずっと怖がっていたのだろう。ふと昔を思い出し、まるで静止画像を見る想いがした。気が付くと、あのたった一人の味方だと思っていた勇吉まで姉と同じ目付きをしているではないか。

式が済むや否や、「温っちゃん、いつ帰るの?」――暗に早く帰れと言っている。私は母のことを話してくれるのを待っていた。あ然として口ごもる私に毅然《きぜん》と身構えてつけ入る隙を与えない。

姉がカサカサと性急に茶封筒を私に渡し、印鑑を捺してなるべく早く送り返すようにとピシャリと命じた。

「これ、判子捺して送り返してくれればいいから」

封筒を渡して用済みになった私に対し、勇吉が怒った口調になってイライラと口を開いた。

「僕らずっと忙しく働いて大変だったんだ。早くしてくれ、挨拶回りもあるんだ」

チッと舌を鳴らした。

大変ならなぜ一緒にやろうとしないのか。姉たちの魂胆はうすうす気付いていたが。母の生前は愛情を独り占めにし、今度は金品を独り占めしようとしているのだ。そのために、あれほどいじめていた勇吉を味方に付け二人で襲ってくる。法律まで恐れずきっと姉の辞書には不可能という文字はないのだろう。母のものは涼子のものなのだ。人と分け合うなんて脳裏の片隅にもないだろう。

勇吉は正直にも、かすかに脅えが滲んで、しかも震え声で唐突に叫んでいた。

「オマエなど、お母さんは娘などと思ってなかった！」

「………」

「オマエは母親が死ぬのを待っていたんだろう」

「………」

一瞬私は耳を疑った。これは勇吉が私を叱っているのか、それとも威嚇なのかと。母の死を知らなかったし通夜にも出席しない、だいいち喪服も持っていなかった。来るものが来た感じだった。大の大人が、母が娘とも思っていなかった人をなぜ、震え声で恐れなければならないのか。まだ私は印鑑を捺すとも捺さないとも言っていない。意思表示していないし、正式に頼まれた覚えもない。あわてるな。まだ母の死を納得できてない人間に勝手に怒鳴り、無意味に興奮して震えている。これを滑稽な奴と言わずしてなんと呼ぶのであろうか。

勇吉は義理の息子で相続人ではない。その相続人ではない人は大声で怒鳴る必要もなければ、震える必要もない。資格がないのだから吠えることはないだろう。それに私をオマエと呼んだ。オマエと呼び合う間柄でもなければ、オマエと呼び付けられるほどさもしいことをした覚えもない。母の死後すぐ、印鑑を捺してくれと頼む人の態度だろうか。勇吉は自分の気持ちを私にすり替えて、「死ぬのを待っていた」と言い放ったに過ぎない。すべてお腹の中を見せて震えている小者ぶりが、昔と変わっていないなと思わせられる。むしろ不謹慎な言葉に笑いがさそわれる。しかし目付きは据わっていた。勇吉だけが涼子の醜い行為を知っている人だと思っていたから、ただ胸の中で憎しみと驚きがバラバラに跳ね上がっていた。今まで勇吉に不利益になることをしたことがあったであろうか。くどくど愚痴をこぼし、耳にタコができるほど聞いてやった。妹などちょっと脅かせば意のままになると思っている。強引に横車を押すことなど朝飯前なのであろう。勇吉がお金の亡者になり夫婦束になって襲いかかってくる。さもしい人間に成り果てて人が変わっていた。人は金品が転がってくるという事実の前には、教養や良心などはすべてかなぐり捨て、恥も外聞もなく大手を広げて野獣のようにむさぼりつくことができるのであろうか。
封筒を開けてみると、母の懐かしい字が現れてきた。

同意書

左記の物件を長女津軽涼子に移転することを同意し、
その手続きを一切長女に委任致します。

江上久子

その他二通同封してあった。印鑑証明の印鑑で印を捺すこと、署名捺印と鉛筆で薄く書いてある。捏造だ。あまりにも不自然極まりない。こんな紙切れがどれほどの効力を示すものなのか分かりかねる。まだ学生の私をどれほどの人間だと思って、恐れているのだろうか。こんなこと死に直面した母が思いつく訳がない。あのぽーっとのんびりしている母が自ら進んで書くはずがない。母に何て説明して書かせたのであろうか。ここまでくると母に同情した。勇吉ほどの人が法律を知らないとは言わせない。知らないとすれば、こんな悲しいことはないだろう。知りすぎているから奥の手を使い、母を騙し役所を欺き、私に有無を言わせぬ証拠を揃えたと声高に宣言しているのだ。用意の早さに驚嘆した。母の死を待っていたことが窺えた。忘れかけていた昔の暴力が唐突に蘇ってくる。母の骨の髄まで食い物にしている姉夫婦の下品で無教養ぶりにがっかりした。そしてもうひとつ、私の故郷までも奪おうとしているのだ。

もう、来ることもできない家を寂しく出ようとすると、夏の日差しにささやき合うように寄り添って梔子《くちなし》の白い花が楽しそうに咲いているではないか。母が昔梔子の花を気に入って、黙ったまま一人で植えていたが、母の人生を物語るようにその苗は花をつけなかった。だから植えたことも忘れていた。指折り数えてかれこれ、十年が経っていた。今、その梔子の花だけが地から這い上がり、私に別れを告げに出てきたのであろうか。

抜け出したくてたまらなかった家にもう戻れないと分かると、言い表せない郷愁が込み上げて来て、何もかも忘却できない特別なものに見えてくる。

それにしても母はなぜ死ななければならなかったのだろうか。母が受診し、死亡診断書を書いた医師を訪ねてみたくなった。でも、もう一方の心では迷っていた。初めて会う小娘に本当のことを果たして話してくれるだろうか。それでも私の足は、命令されるように病院へ向かって歩いていた。

しかし医師の説明は信じられなかった。

「救急車で運ばれてきた時は極度の脱水状態で目が窪み目の周りは青黒くなり、頬はこけ、上顎に舌がくっついていた。肺炎を併発して熱があり、手が熱かった。低栄養……」

これは飢餓じゃないかと頭に浮かんだ瞬間、説明の途中で虚脱状態になっていた。遠くの方で汽笛が鳴っているかのように、耳がぽあーんとして穴が空いて声が漏れてしまっていた。全身から血が抜かれたようだった。人工呼吸器をつけ、栄養を注入したそうであった。飢餓だとは医師は言わなかった。問い返して、「飢餓ですか？」と聞いてみたかったが答えをはっきり聞くことが怖かった。耳を塞いで、白黒つけられないでいた。

「どうして連絡しなかったの？　いつ物を食べ、いつ診てもらったの？　なぜ入院しなかったの？」

できることであれば、亡き母を揺り起こして「なぜ」と詰って問いただしてみたかった。姉は私ばかりでなく病に倒れた母にも冷たくしたのであろうか。母は姉だけを信頼し喜んで死んでしまったのだろうか。

大粒の涙がこぼれて何も見えない。

復讐してやる。

私は煮え湯を飲まされ、身も心もズタズタになって生きてきた。法律さえ恐れず、母まで入院もさせず、飢餓同然で死なせた。もう血の通った人間ではない。故郷もなくなってしまった。もう、絶対に会わない。関わりたくもない。

私は頭の歯車が狂っていた。

疲れすぎて、力が抜け、落ち着いて考え直すと、姉と別れ家から抜け出した今、私は何て強くなったんだろうと感心した。肉体だけでなく心もだ。今まで、姉の暴力と騙しにひたすら耐え抗議すらできないでいた。伸し上がった姉は好き勝手な人生を繰り広げた。しかしこれは、姉だけの力でできたことではない、母、佐久間夫人、今は勇吉の力があってこそできたことだろう。考え直すこともなく全くつまらない人間たちだ。バカな姉たちだ。母は父の死と同時に、魂はもうとっくに昇天していて、母の姿は影法師だったのだろう。姉の操り人形になって満足していたかもしれない。法律上の妹というだけで怖がっている。バカか。こんなバカな人たちに刃を向けてどうなるのか、刃を違える価値もない。幼い頃耐えた土台が崩れる。声もなく表に向かって泣くこともできなかった。泣けるだけで幸せなのだ。人に勝つだけがいいのではないだろう。負けていい時もあるのだ。お金の争いは電車の席取りと同じでみっともいいものではない。負けるが勝ちだ。

殺す価値もない、復讐する暇もない。

欲しい物はこちらからくれてやろう。判子なんかどこでもポンポンついてやる。自分のこれからの生き方の方が大切だ。忘れよう。姉だなんてもう思わなくてもいいんだから。自分が我れを忘れて怒っていたのを棚に上げておかしくなった。

サラリーマンの初任給が二万円位の時代に、母は私に毎月三万円もの仕送りをしてくれていた。そんなにたくさん使い道もなく、余りに余って、学生だというのに貯金通帳を持っていた。もう少しで卒業であったから、当座のお金には困りはしなかった。

友達の信子が呟いた。

「私ねえ、お姉さんとハワイに行くの。初めてなのよ。温っちゃん、行ったことある？」

「ううん、ないよ。いいなあ！　ハワイ」

「温っちゃんって、お姉さんいるの？」

「ううん、いないよ」

この「いない」と言った時、自分の口から自然に出た声に自分で驚いた。企てたのではない。本当に自然に口からぽろっとこぼれたのだ。自分で自分に驚きすぎていた。

母が亡くなって、私は糸の切れた凧のようにふわふわと揺れ動き、心は空虚になっていた。私がどこへ行こうが何をしようが、どこかで野垂れ死んでも、悲しむ人さえいないだろうと思うようになってしまった。ずっとそうだった気もしたが、改めて母の存在の大きさに気付いたのだった。

でも、私には絵があった。

絵しかない。絵を見に海を渡ってみようか。そうだ、アメリカだ、アメリカに行ってみよう！

ずっともやもやとしていたものが吹き飛び、目から膜が剝がれ落ちた。ふと湧いたアメリカという漠然とした考えに不安はなかった。むしろ、大海原からきれいな小さい貝殻を見つけた気分だった。その貝殻は光り輝き、日を追うごとに色褪せることなくますます色濃く美しくなり、手招きして呼び寄せる力があった。太平洋が突然川のように細くなり、ひとまたぎで渡れてしまうような錯覚に陥る。

とにかく行ってみよう。気楽な考えが浮遊する。今は島木先生もおば様も誠さんもついていてくれるのだもの。きっと明るい未来が用意されているに違いない……。自惚れにも似た自信がふつふつと沸騰してきて、私の内側は熱い情熱に満たされた。

「行っておいでよ。きっといいことがあるよ。でも、必ず戻ってこいよ。この家で待ってる」

先生は目を閉じて腕組みをしながら静かにそう言った。

おば様も何か言おうとしたが、そのまま言葉を呑み込んでエプロンの中に顔をうずめた。

「温、ファイト！」

誠さんは自分の頭をかきむしりながら指でVサインを作ってみせた。

「うん、負けちゃいけないよね」

私もポタポタと涙を流しながら恐る恐るVサインを返した。必ずいい知らせを持って帰れるといいなあ。願わずにはいられなかった。

私には待っていてくれる人がいる。それは明日の勇気に繋がることだ。

いざ日本を離れると決めると、何もかもが清い思い出ばかりに思え、日本に生まれ生きたことを嬉しく感じてきた。


何もなくなりガランとした下宿の部屋に、ポツンと一人でいた。

白いスーツケース、肩掛け鞄、絵の道具、英会話の本。島木一家と写した写真、この時私は赤地に金の矢車の着物を着せてもらった。里子さんと一緒の写真、二人とも笑ってる。八重さんのお守りは、古くなって元の色をとどめていない。

この部屋には、ずっと籠っていた気がした。怖い姉から逃れられるシェルターみたいなものだった。

この部屋を出る前に、一つだけしておきたいことがあった。もう亡くなってもの言わぬ父母、そして姉に、心の奥底から尋ねてみたいことがあった。

「お父さまは熱くお母さまを愛しましたか？　温子はお二人が愛し合って生まれてきたのですよね。それならよかったと、温子は答えたい。

どうして涼子お姉様は私をあれほどいじめたのでしょう。アメリカに行こうと決心した時、やっと過去を振り返らなくしようと思いました。私はお姉様に謝って欲しいと思っていました。もし謝ったら許してあげたいと思っていました。許してあげたくてあげたくて待っていました。それは大きな誤りだと気が付いたのです。許すなどという行為は、温子には傲慢すぎてできません。きっとそれができるのは、雲の上の神様だけでしょう。

でも忘れましょう。それならできるはずです。それでいいんです。やっと結論に達しました。長い道のりでした。今こそ、涼子お姉様、温子から『さようなら』と言いましょう」

忙しそうに歩く人たちに混じって、生まれて初めて、それも一人で大きな空港に立っている。帰りの切符は持っていなかった。出発までまだ時間はある。不安はなく、嬉しい興奮がある。待合室の隅でおば様の手作り弁当を開けてみると、小さく折りたたんだ手紙が入っていた。


温へ。いってらっしゃい。

出発に際してもっとしてあげられることはなかったかと案じております。ちょっと寂しいな。

声が戻った今、何にでも挑戦しようとする若い力に乾杯！　心から祝福しよう。

ずっと荒波を泳いできたんだから、今度こそ幸せを摑んでください。

必要以上に演じなくてもいい、また必要以上に我慢しなくてもいい。自分のペースで前に進めばいいんだよ。やりたいことを見つけたんだから、のんびりやればいい。

いろいろあったろうけど、まだ振り返るのはずっとあとでいい。今のように輝く温でいてほしい。辛くなったら、娘なんだからいつでもこの家に帰ってきていいんだよ。

笑顔で過ごしてくれることを望んでいる。体に気を付けて、成功祈る！

親父より

何度も読み返した。この手紙を握りしめて先生のもとへ走り帰り、胸へ飛び込みたい衝動に駆られた。だけどもうあとには引けない。落ち着け落ち着けと自分に言い聞かせてじっと目を閉じる。瞼の隙間からぽたぽたと大粒の涙が落ちてきた。泣いているところを見られるのが嫌だった。深く帽子をかぶり直す。「おやじ」って何ていい響きなのだろう。私はもうひとりぼっちなんかじゃない。

これからは、誰にも頼らず、煩わされず、大地にしっかり足を下ろし希望を持って生きてゆかなければならない。この考えにいたるまで、何と長い時間がかかってしまったことだろう。

柔らかな空気が体全体を包んでくれるのを感じる。不思議な光が螺旋《らせん》となって降りてきて、漲る力に変わり、私の体の中に入り込んだ。この力こそ楽園への太いロープなのかもしれない。今こそ、このロープをしっかりと掴む時なのだ。

おじ様、おば様、行ってきます。

ありがとうございました。

すぐ手紙を書きます。

一九六九年三月二十四日、早春。

Atsuko Benjinger

私はこの日、画家としての一歩を踏み出したのである。

著者プロフィール
高樹 あんず（たかぎ あんず）
昭和22年、東京都生まれ。
東京薬科大学薬学部卒業後、東京医科大学病院薬剤部勤務。
現在、神奈川県在住。

声をください

2004年2月15日　初版第1刷発行

著　者　高樹 あんず
発行者　瓜谷 綱延
発行所　株式会社文芸社
〒160-0022 東京都新宿区新宿1－10－1
電話 03-5369-3060（編集）
03-5369-2299（販売）

印刷所　東洋経済印刷株式会社

ISBN4-8355-6794-3 C0093